Kerstin Rech: Der Permes
Kriminalroman

Kerstin Rech:
Der Permes
Kriminalroman

1. Auflage 2004
ISBN 3-934927-52-1

Leda-Verlag, Kolonistenweg 24, D-26789 Leer
info@leda-verlag.de
www.leda-verlag.de

Satz: Heike Gerdes
Lektorat: Maeve Carels
Titelillustrationen: Jutta Gerdes

Kerstin Rech

Der Permes

Kriminalroman

LEDA
VERLAG

Kerstin Rech, geboren in Blieskastel (Saarland), lebt seit vielen Jahren in Stuttgart. Sie studierte drei Semester Mathematik und arbeitete danach in diversen sehr unterschiedlichen Jobs von der Lagerarbeiterin bis zur Redakteurin einer Firmenzeitung

In den Jahren 1993 bis 1999 entstanden mehrere Hörspiele (DRS, Zürich, SR Saarbrücken, MDR Leipzig, WDR Köln) sowie das Theaterstück »Ei joh!« in saarländischer Mundart. In verschiedenen Anthologien ist sie mit Kurzgeschichten vertrten, so mit »Lockenpaule« in »Flossen hoch!« (Leda-Verlag 2002). Preisträgerin des Wettbewerbs »Microracconti – Mikrogeschichten«, einer Initiative des Instituto di Cultura Stuttgart und des Goethe-Instituts Berlin.

»Das fünfte Geschlecht«, Kerstin Rechs erster Kriminalroman (Leda-Verlag 2003), wurde von der Jury der Kriminalschriftstellervereinigung DAS SYNDIKAT als eines der fünf besten Krimidebüts des Jahres für den Friedrich-Glauser-Preis (Sparte Debüt) 2004 nominiert.

Erklärungen für mundartliche Ausdrücke und landschaftstypische Begriffe finden Sie auf Seite 158.

Danksagung:

Für die Hilfe bei den Recherchen zu diesem Buch danke ich Manfred Ehrmantraut, der mir als Chronist sein reichhaltiges Wissen über Bierbach zur Verfügung gestellt hat; Silvia Hunsicker, von der ich viel über die Herz Jesu Kirche erfahren habe und die mich dabei unterstützte, mein verschüttetes Wissen über die katholische Kirche auszugraben; Isabelle Rech, die für mich in Archiven gestöbert und alteingesessene Bierbacher befragt hat. Carin Chilvers danke ich dafür, dass sie neben ihrer eigenen literarischen Arbeit noch die Zeit gefunden hat, den Text mit mir durchzusehen und mich so als erste Leserin und Kritikerin auf manche Ungereimtheiten aufmerksam gemacht hat.

...noch viel höher scheinen dann die Berge, enger und düsterer die Täler, gigantisch die Felsen. Und stolpert man über einen herabgefallenen Zweig, über einen Stein, oder hört man die Quellen und die vielen Wässerlein murmeln, klingt einem der ungewohnte Schrei eines Waldvogels in die Ohren, so haben unheimliche Wesen ihre Hand im Spiel ...Und in unserem Walde sind es der »Permes« und der »Butterhut«, auch die »Goldgluten« sind gefürchtet und wenn es ganz schlimm im Walde zugeht, dann ist eben »Proforschtjagd«. Ihr Jungen wollt es nicht glauben, doch fragt die Alten, denen ist der »Permes« sicher schon begegnet.

Wilhelm Schetting (1908-1945)
(aus: 750 Jahre Bierbach, Hrsg. Heinrich Ehrmantraut)

-I-

Bierbach, 03.August 2004

Bald würde die Sonne untergehen. Im Osten hatte der Himmel schon die Farbe von reifen Orangen angenommen. Wenn sie nicht im Dunkeln durch den Wald nach Hause gehen wollte, dann musste sie jetzt langsam aufbrechen.

Margot Klaus legte die Heckenschere ins Gras und begutachtete ihr Werk.

Sie hatte vor ein paar Tagen die roten Johannisbeeren gepflückt und heute die Sträucher geschnitten, die ihr Grundstück zum Pirmannswald hin abgrenzten.

Sie beschnitt die Beerensträucher immer gleich nach der Ernte, wegen der Infektionsgefahr, damit das Sonnenlicht den ganzen Strauch erreichen konnte. Und sie hatte die alten Triebe abgeschnitten, denn bald würden sie durch neue ersetzt werden.

Sie sammelte das Schnittholz ein und legte es auf den Haufen mit den fleckigen Blättern der Tomaten und Kartoffeln, den Stützstangen der Bohnen und dem von Milben befallenen gelben Bohnenlaub, um es tags darauf zu verbrennen.

Margot ging ein paar Schritte auf ihren Lieblingsbaum zu. Es war ein alter Apfelbaum, der nur noch kinderfaustgroße Äpfel tragen konnte, aber sie liebte ihn. Sie schloss die Augen und strich sanft über seine Rinde, bis sie die Einkerbungen unter ihren Fingerspitzen fühlte. J und M. Sie lächelte.

Dann riss sie plötzlich die Augen auf. Wie so oft, wenn sie sich alleine in der Nähe des Waldes aufhielt, hatte sie das Gefühl, dass jemand ganz nahe bei ihr stand. Manchmal konnte sie fast seinen Atem spüren. Den Atem des Permes. Aus dem Wald hörte sie ein Knacken, als sei jemand auf einen dürren Ast getreten.

Sie bückte sich schnell und nahm die Heckenschere wieder in die Hand. Dann drehte sie sich um und spähte mit zusammengekniffenen Augen in die Dunkelheit des Pirmannswaldes.

Nichts war zu sehen. Margot legte die Heckenschere wieder ins

Gras und schob mit dem Fuß das letzte Laub auf den präparierten Haufen. Sie schwor sich, beim nächsten Mal ihr Handy mitzunehmen, wenn sie wieder allein hier draußen sein würde.

»Wird das ein Scheiterhaufen für die Bas Stollebett?«, fragte Wolfgang Lenhard, ihr Nachbar und Freund, und lachte verschmitzt.

Woher war er so schnell aufgetaucht?

»Na klar«, antwortete Margot. »Für wen sonst? Und damit der Permes mich nicht holt, bin ich froh, dass ich mit dir durch den Wald nach Hause gehen kann. Das heißt, wenn du mich mitnimmst. Hast du einen Spaziergang gemacht?«

»Bei der Hitze ist es am angenehmsten im Wald.«

»Ach, dann warst du das eben?«

Wolfgang runzelte die Stirn. »Ich bin gerade erst gekommen. Ich musste in Ruhe über einiges nachdenken.«

»Darf man erfahren, worüber?«

Er antwortete nicht gleich, sondern betrachtete den Scheiterhaufen, der zwischen ihnen stand. Dann sah er auf und antwortete mit gequältem Lächeln: »Über die Vergangenheit, Margot.«

-II-

Bierbach, Grohbachtal, 18. Juli 1903

»Tot! Tot!«, kreischte die Bas Stollebett.

Die Gänsehirtin von Bierbach war sie, die Bas Stollebett. Und ein armes Weib war sie obendrein, das von dem geringen Lohn ihres Gewerbes kaum leben konnte. So kam es, dass sie ihren kargen Lebensunterhalt mit dem Erbetteln von Speck und Brot und Kartoffeln aufbesserte.

Und mit noch etwas anderem kam sie den Bierbachern an. Einer Gabe nämlich, die einmalig war und um die sie dennoch niemand im Dorf zu beneiden wagte. Und eben diese Gabe stand wohl im Zusammenhang mit der Tatsache, dass sie jetzt auf der Flucht war. Auf der Flucht vor drei mit Äxten bewaffneten Bierbacher Burschen.

Wenn die Bas immer sonntags, nachdem die Leute aus dem Dorf aus der Kirche kamen, ihre paar Pfennige fürs Gänsehüten abholte und noch ein bisschen etwas dazu erbettelte, gaben ihr die Bierbacher gerne etwas ab. Aus Mitleid zum einen und zum anderen, weil sie die Gänse des Dorfes so gut hütete.

Und einen dritten Grund gab es.

Wenn man es genau betrachtete, gaben sie hauptsächlich und ohne es sich bewusst zu sein, aus Furcht. Furcht nicht allein vor der Bas, der alten, Tabak schnupfenden Gänsehirtin, sondern vor der geheimnisvollen Macht, mit der sie im Bunde zu sein schien. Denn die Bas konnte Brauchen, und von irgendwoher musste sie die Kraft für diese Gabe bekommen haben.

Dass der allmächtige Herrgott die alte Bas so außergewöhnlich ausgestattet hatte, hielten die Dorfbewohner für unwahrscheinlich. Was sollte der Herrgott schon mit einer verlumpten Gänsehirtin im Sinn haben, wenn es in Bierbach so viele rechtschaffene Leute gab? Aber wenn nicht Gott, wer blieb dann noch übrig?

Wer da draußen, so fragten sich die Bierbacher, vor allem in der dunklen Jahreszeit, wenn die Nacht länger währte als der Tag und der kalte Mond durch die Fenster in die kleinen, niedrigen Kammern schaute.

Wer beobachtete sie, versteckt im Dunkel der Nacht? Wer jagte und schnappte zu wie ein Wolf, wenn ein unbedarfter Mensch alle Vorsicht außer Acht ließ und des Nachts alleine in den Wald ging?

Wer war es, der das beschauliche Dorf zwischen Schucht, Steinberg, dem Bliesgau und dem Hechlertal ebenfalls seine Heimat nannte und der im Wald nahe dem Grohbach seinen Unterschlupf hatte?

Genau dort, vermutete man nicht zu Unrecht, war das Unheimliche zu Hause, in der Nähe jener Stelle, wo die Bas Stollebett ihre Hütte hatte.

Doch war jemand krank im Dorf, dann wurde die Bas Stollebett ans Krankenlager gerufen. Es gab kein Haus in Bierbach, in das man sie nicht schon bestellt hatte, im Linnebrunne, auf dem Hüwelche, im Käsehof oder im Eck bis hinauf in die Muhl. In den Häusern der Tagelöhner, der Kleinbauern, der Korbmacher, der Maurer, Schuster und Pflasterer hatte sie so oft gestanden und die Wärme gespürt, die von den unter den Stuben liegenden Ställen hochstieg. Dann verabreichte sie ein nach eigener Rezeptur aus Kräutern und Pilzen hergestelltes Gebräu und murmelte für die Umstehenden unverständliche Beschwörungsformeln.

Wenn man wollte, konnte man ab und zu beschwichtigende Worte wie *Jesus Christus* oder *unser Herrgott im Himmel* heraushören. Und es schien beruhigend, dass die Bas Stollebett den Namen des Herren aussprechen konnte, ohne dass der Zorn des Himmels sie traf.

Man sprach nicht gerne darüber, dass man ihre Dienste in Anspruch nahm, und war froh, wenn sie nach dem Brauchen wieder das Haus verließ. Man schämte sich auch gebührlich, so wie man sich schämt, wenn man einem verbotenen Laster frönt. Doch der Aberglaube im Dorf war stark, zu manchen Zeiten fast so stark wie der Glaube. Doch eben nur fast. Und das bewahrte Bierbach vor dem Schicksal, das der Permes sich für das Dorf ausgedacht hatte, wenn sie, die Bierbacher, ihn in ihre Häuser, in ihre Herzen, einlassen würden.

Die Bas Stollebett hauste die meiste Zeit im Grohbachtal, mitten im Pirmannswald, in einer schiefen, modrigen Holzhütte, die mit verbeulten Blechen notdürftig abgedeckt war. Dort saß sie auf einem Bündel Binsen, starrte auf die offene, aus drei Steinen und einem viereckigen Blech bestehende Feuerstelle und stopfte ausgefallene Gänsefedern in ein Säckchen. Da ihre Hütte nur eine kleine Öffnung hatte, durch die man hinein und hinaus kriechen konnte, war das Innere ständig voller Rauch. Vermischt mit der Feuchtigkeit, die an vielen Tagen im Grohbachtal hing, machte der das Atmen schwer, benebelte den Geist und berauschte die Sinne.

»Tot! Tot!« Die Bas Stollebett kreischte weiter, während sie den Waldweg entlangrannte. Ihre Stimme, die vor Angst in eine schrille, unnatürliche Höhe zog, verfing sich in den Spitzen der Tannen und Fichten, schwebte wie ein fadenscheiniges, aber festes Spinnennetz in den Kronen der Eichen und Buchen und hatte schon nichts Menschliches mehr.

Ein Eichelhäher, der vom Webenheimer Bösch herübergeflogen kam, stieß einen warnenden Ruf aus, der von den Baumkronen widerhallte. Die Bas Stollebett hatte ihre Röcke gehoben und rannte mit nackten Füßen von ihrer Hütte zur Kanzel.

Zu ihrer Rechten floss der Grohbach als dünnes Rinnsal dahin. So brav und leise, als wolle er den Lauf der Welt nicht stören. In seinem niederen Wasser konnte man kaum seine Füße benetzen. Unklar schien es, wie dieser Bach es ohne Hilfe geschafft haben sollte, vor vielen Tausenden von Jahren den Schucht vom Steinberg zu trennen und das bewaldete Tal, das seinen Namen trug, zu formen.

Die Bas Stollebett rannte. Angst und Verzweiflung trieben sie vorwärts über den breiten Waldweg. Wie hatte es geschehen können, dass diese drei Bierbacher Burschen in ihre Hütte hatten kommen können, ohne von ihr bemerkt zu werden? Warum hatte sie nicht ihr Lachen und Rufen gehört, als die drei, durch das Grohbachtal marschierend, beständig näher kamen?

Warum hatten die Gänse in ihrem Pferch nicht Alarm geschlagen? Gänse sind die besten Wachhunde. Und die Bas konnte bislang auf deren Instinkt vertrauen.

Sonst hatte die Bas immer »Komme erinn, ihr Buwe!« gerufen, wenn sie die Ankömmlinge hörte, die in den Wald kamen, um Holz zu schlagen. »Komme erinn, ihr Buwe«, und die Buben waren der Aufforderung gefolgt. Alle. Jedes Mal.

Sie kamen durch die kleine Öffnung hereingekrochen. Auf allen vieren. Saßen dann da auf ihren Fersen. Ängstlich und doch neugierig beäugten sie die Bas Stollebett durch den dichten Rauch ihres süßlich riechenden Feuers.

Und dann erzählte sie die Geschichten, die ihr so am Herzen lagen. Von den Goldgluten, von der Proforschtjagd, vom Butterhut und vom Permes. Immer wieder vom Permes. Wie er dem alten Vetter Dorkel des Nachts erschienen war, als dieser bei seinen Schafen schlief. Den alten Hanjakob fast zu Tode erschreckt hatte, als dieser im Schweitzertal seinen Gaul hütete. Und immer kam er in anderer Gestalt. Als Jäger im grünen Wams, als Ketten rasselndes Ungeheuer, das sich aus seinem Kerker befreit hatte, als Harlekin, der seine Späße trieb. Doch immer war es der Permes.

Aber dieses Mal hatte die Bas Stollebett sie nicht kommen hören, die Burschen, die zum Holzschlagen in den Wald gekommen waren. Plötzlich waren sie da gewesen, hatten am Eingang gehockt und mit großen Augen und voller Abscheu dem Treiben in der Gänsehütte zugesehen.

Das hätte nie, nie geschehen dürfen.

Als hätte der Permes plötzlich Wasser ins Feuer gegossen, war der Rauch undurchdringlicher und fester geworden, und als er wieder seine natürliche Dichte annahm, war der ganze Spuk vorüber.

Regungslos und stumm hatte die Bas Stollebett zuerst dagesessen und zurückgestarrt. Hatte gehofft, dass ihre im Geiste gestammelten Beschwörungen die rechte Wirkung auf die drei jungen Männer hätten und sich der Mantel des Vergessens über sie legen würde. Sie hoffte auf die Kraft des Permes.

Ihre Hoffnung erstarb jäh, als der Sohn des Korbmachers nach draußen gekrochen war, um seine Axt zu holen, die er, wie seine Kameraden, neben der Hütte abgelegt hatte. Er schien entschlossen, die Ordnung im Universum wiederherzustellen, damit der Himmel oben und die Erde unten bliebe.

Als die Bas Stollebett die Entschlossenheit des Korbmachersohnes erkannt hatte, bekam sie es mit der Angst zu tun. War aufgesprungen, an den verdutzten Gesichtern der beiden anderen, die nur noch aus Augen zu bestehen schienen, vorbeigestolpert und auf allen vieren davongekrabbelt. Schreiend davongekrabbelt. Draußen gab sie dem dritten, der unschlüssig seine Axt in der Hand wog, einen kräftigen Stoß vor die Brust und raffte ihre Röcke.

Wie Bluthunde mussten ihr nun die drei Bierbacher Burschen folgen. Sie hatten Angst. Gerade so wie die Bas Stollebett. Doch ihre Angst war grauenvoller anzusehen, denn ihre Angst galt dem Unfassbaren. Dem nicht zu Begreifenden. Instinktiv ahnten sie, dass es mit einem Axthieb nicht getan wäre. Das Böse konnte man nicht einfach töten.

Was wussten sie über den Permes? Was hatten ihre Altvorderen immer erzählt? Wie konnte man ihm beikommen? Sicher nicht, indem man sein williges Werkzeug, die alte Gänsehirtin, tötete.

Sie rannten und rannten. Rannten der Bas Stollebett hinterher und hofften doch gleichzeitig mit jedem Schritt, mit jedem Schlag ihrer Herzen, sie nie einzuholen. Sie rannten hinterher, weil keiner von ihnen vor seinen Kameraden als feiger Hund dastehen wollte.

Rannten in ihren klobigen Schuhen von der Gänsehütte den Waldweg Richtung Dorf auf den Felsvorsprung, genannt Kanzel, zu. Doch ahnten sie, dass sie sich mit jedem Schritt, den sie Bierbach näher kamen, weiter von der Wahrhaftigkeit, der Sicherheit und der Realität entfernten. Der Lück Johann, der Sohn des reichsten Bauern aus Bierbach, der Bubel Julius, Musiker wie sein Vater, und der Lenhard Max, dessen Familie dem Gewerbe der Korbmacherei nachging und dessen ältester Bruder nach Amerika, nach Rochester, ausgewandert war.

»Tot! Tot! Mach se tot! Permes! Mach se tot!«, kreischte die Bas weiter. Ihre Stimme wurde immer wilder. Beschwörender.

Von der Hütte her hörte man die Gänse laut schnattern.

Der Bubel Julius bekam eine Gänsehaut am ganzen Körper, obwohl es ein schwül-heißer Tag war. Der Schweiß, der seinen Körper bedeckt hatte, stockte. Wurde schmierig und kalt wie bei einem frischen Leichnam. Sein Mund war ausgetrocknet, als hätte er ihn mit Sand ausgerieben.

Plötzlich musste er an die Kerb im letzten September denken. An den Kerbemontag, als er, der beste Trompeter im ganzen Westrich, mit den anderen Musikanten zum Tanz aufgespielt hatte.

Julius' Schritte verlangsamten sich. Schon hing er hinter seinen Kameraden zurück, die stur die Bas Stollebett im Blick hatten. Zu gerne hätte er, der Musikant, seinen Tagträumen nachgehangen und von den jungen Bierbacher Mäde geträumt, statt einer alten Hexe nachzurennen und vielleicht Schlimmes, unvorstellbar Schlimmes heraufzubeschwören.

Vielleicht, so befiel ihn unvermittelt eine Ahnung, sollte die schöne, fröhliche Kerb im vergangenen Jahr seine letzte gewesen sein. Vielleicht würde er nie mehr den bunten Kerbestrauß sehen. Würde nie mehr aufspielen können, wenn der Hammel ausgetanzt werden würde.

Es war ihm nicht wohl. Er hatte Angst vor der Rache des Permes, sollte der Bas Stollebett etwas zustoßen. Und was wollten sie überhaupt mit der Alten anfangen, wenn sie sie eingeholt hatten? Weder er noch seine beiden Kameraden würden in der Lage sein, der Alten mit der Axt das Hirn zu spalten. Hatte sie nicht auch den Permes angerufen und seinen und den Tod seiner Freunde gefordert?

Aber auf der anderen Seite konnte er den Lück Johann und den Lenhard Max nicht einfach aufhalten. Konnte nicht seine Hände auf ihre Schultern legen und sagen: »Losse ma se lawe, die alt Stollebett.«

Hätte er gewagt, sie aufzuhalten, hätten sie zu dritt über das alte, kreischende Weib lachen können, wie es seine Röcke bis zu den knotigen Knien gerafft hatte und auf seinen schwieligen, verhornten Füßen den Waldweg entlangrannte.

Er konnte ja nicht ahnen, der brave Bubel Julius, dass seine Kameraden dasselbe empfanden wie er. Dass sie, auch wenn sie es niemals zugegeben hätten, dankbar gewesen wären, wenn er sie aufgehalten hätte. Sie hätten ihn noch oft damit aufgezogen: »De Julius hat Mores vor de alt Bas Stollebett gehatt. Bestimmt hatter gemennt, dass se ne verhext.« Und er, der Julius, hätte ihnen in Memmersch Wirtschaft ein Bier spendiert, damit sie endlich die Klappe halten würden.

Nein, sie konnten nicht mehr Halt machen. Denn nie hätten sie vergessen können, was sie in der verrauchten Hütte hatten mit ansehen müssen.

Julius holte seine beiden Freunde ein und schaute zum Himmel.

Zu dem warnenden Eichelhäher hatten sich Schwärme anderer Waldvögel gesellt. In noch nie da gewesener Harmonie hatten sich die vielen verschiedenen Arten zusammengetan und hingen wie eine dunkle Wolke über der unheimlichen Gruppe, angeführt von der kreischenden, alten Bas Stollebett, dicht gefolgt von den Äxte schwingenden Burschen.

Die Bas Stollebett erreichte die Kanzel und kletterte so schnell sie konnte hinauf.

Am Fuße der Kanzel blieben die drei Burschen einen Moment stehen, als erhofften sie sich göttlichen Beistand. Denn so oder so empfanden sie es als frevelhaft, dass die Gänsehirtin ausgerechnet auf der Kanzel Zuflucht suchte. Die Kanzel, so wurde jener aus Buntsandstein bestehende Felsvorsprung im Grohbachtal genannt, von dem aus der heilige Pirminius im achten Jahrhundert gepredigt hatte, um der Gegend das Christentum zu bringen.

Der Gründer der Klöster auf der Insel Reichenau, im Elsass und der Pfalz hatte nicht ahnen können, dass dieses Gebiet zwischen Schucht und Steinberg, wo fünfhundert Jahre später ein Ort namens Bierbach entstehen würde, keinem anderen je gehören würde als dem Permes.

So sah es zumindest die Bas Stollebett.

Der Permes war ihr Geliebter und ihr Herr. Er kam so oft zu ihr in die Hütte, wie sie ihn rief. Und anders als die Burschen, die an den Holztagen im Wald bei ihr eine Rast einlegten und zu ihr in die Hütte gekrochen kamen, um sich die wunderlichen Erzählungen der Bas anzuhören, kam der Permes immer aufrecht herein. Wie ein Herr.

Sie hatte nie gesehen, wie er das machte, da er nur kam, wenn die Hütte voller Rauch war und ihre Augen tränten. Er stand dann da, aufrecht, groß und schön und sah auf sie herunter, auf die alte Bas Stollebett, wie sie auf den Binsen lag und die Beine spreizte und sich ihm darbot.

Aus seinen Erzählungen wusste sie, dass er schon auf diesem Flecken Erde zu Hause gewesen war, als Schucht und Steinberg noch eine einzige Sandsteintafel waren, als es noch kein Grohbachtal gab. Die Zeit kannte der Permes noch. Er kannte noch diese Zeit und die Zeit davor und alle Zeiten der Welt. Und sie allein hatte Anteil an seinem Wissen und seiner Macht. Sie und nicht einer von den anderen Bierbachern, die sie mit ein paar Almosen abspeisten, und von denen jetzt drei hinter ihr her waren.

Als die Bas in fliegender Hast den Felsen hinaufgeklettert war und oben auf der Kanzel stand, waren ihre Fingernägel abgebrochen und ihre Beine blutig geschürft. Sie glaubte sich in Sicherheit, als die drei Burschen laut keuchend am Fuße des Felsvorsprungs ankamen.

Johann und Julius lehnten die schwer gewordenen Äxte an die Beine, pressten ihre Hände an die linke Bauchseite und schnauften. Max fuhr sich mit dem Ärmel über das schweißnasse Gesicht.

Die Gänsehirtin stand auf der Kanzel und lachte keuchend. Hinter sich die Felswand, um sich herum Büsche und Bäume, vor sich den Abgrund.

Sie lachte mit einem Gesellen, den nur sie alleine sah, der einmal hinter den drei Burschen stand und grotesk auf einem Bein tanzte und sich vor ihr verbeugte, dann auf dem bewaldeten Hügel direkt über ihr herumspukte.

Vom Dorf her rief die Kirchenglocke, doch Johann, Julius und Max hörten sie nicht.

Die Bas Stollebett breitete die Arme aus, denn jetzt stand der Permes ganz nah neben ihr. »Permes.«

Sie drehte sich ihm zu, fuhr mit der Hand ordnend über ihr mausgraues Kopftuch und wiegte sich derb in den Hüften.

Der Permes legte den Kopf schief.

Unten standen die drei Burschen und schauten hinauf zur Kanzel, merkwürdig berührt von dem absonderlichen Verhalten der Alten.

»Bas Stollebett! Komm runner!«, rief Johann.

»Odder mir hole dich!«, rief Max.

»Un dann kannsche awwer was erläwe!«, schloss Julius.

Die Bas Stollebett riss ihren Blick vom Permes los, der in ihren Augen schöner war denn je, und drehte den Kopf ruckartig den Dreien am Fuße der Kanzel zu.

»Mach se tot! Permes! Mach se tot!« Ihr linker Arm fuhr auf Johann, Julius und Max zu, als wolle sie Blitze schleudern.

Wie unter einem schmerzhaften Hieb zuckten die drei zusammen.

Ein kalter Wind kam auf, der so gar nicht zu dem schwül-heißen Julitag passen wollte. Die drei Burschen drehten ihre Köpfe von der Kanzel weg und sahen in die entgegengesetzte Richtung, hinüber zum Webenheimer Bösch. Sie suchten mit fiebrigen Augen die bewaldete Höhe nach der Quelle dieser plötzlichen Kälte ab, konnten aber nichts entdecken. Kam sie vom Hexentanzplatz oder aus dem Tunnel, der durch den dichten Fichtenwald führte?

Sie wandten sich wieder der Kanzel zu und griffen nach ihren Äxten, als sie mitten in der Bewegung innehielten. Sie konnten nicht glauben, was sie da sahen.

Der Lück Johann, der Bubel Julius und der Lenhard Max verstanden von der Sekunde an, was es bedeutet, wenn einem das Blut in den Adern gefriert und einem die Haare zu Berge stehen.

Sie sahen sich an und schworen sich, das unheimliche Geheimnis dieses Sommertages ein Leben lang zu hüten. Kein Wort darüber. Nicht zu ihren Eltern, nicht zu ihren Geschwistern. Und auch später nicht zu ihren Ehefrauen, nicht zu ihren Kindern.

Und sie wussten, dass dieser Holztag, an dem sie ohne Feuerholz aus dem Wald zurück ins Dorf kämen, ihr ganzes Leben verändern würde.

Drunten im Dorf blieben die Bierbacher auf der Straße stehen und schauten hinauf ins Grohbachtal.

Verwundert sahen sie die Vögel über der Kanzel kreisen. Hörten das Geschrei aus unzähligen Vogelkehlen.

Und dann begannen auch noch die Kirchenglocken zu läuten.

Ein schlimmes Unheil ahnend, taten die Bierbacher das einzig ihnen richtig Erscheinende, sie bekreuzigten sich und machten sich wieder daran, ihrem Tagwerk nachzugehen.

Nur die Familien von Johann, Julius und Max machten sich noch Sorgen. Sie sorgten sich so lange, bis die Drei wohlbehalten ins Dorf zurückkamen.

Dass sie nicht, wie ihnen von ihren Vätern aufgetragen, mit dem geschlagenen Holz zurückgekommen waren, trug ihnen zwar Schelte ein. Doch war das nicht bös gemeint. Falls ihre Leute das Entsetzen in den Gesichtern der Drei bemerkt haben sollten, so haben sie es nicht erwähnt.

»Es gebt Sache, iwwer die schwätzt ma besser net, bevor ma demet es Unglick ahnzieht«, dachten sie.

Die Bas Stollebett war tot.

Der Wannemacher, der am Abend nachsehen wollte, wo die Gänse blieben, fand ihre Leiche am Fuße der Kanzel. Er ging ins Dorf zurück, um Hilfe zu holen.

Etwas merkwürdig fanden die Bierbacher, die kurze Zeit später um die Tote herumstanden, dass ihr Körper so zerschmettert da lag, wo doch die Kanzel höchstens drei Meter hoch war und man sich von ihr kaum zu Tode stürzen konnte. Auch von der bewaldeten Höhe über der Kanzel nicht.

Am schlimmsten hatte es den Kopf von der Bas Stollebett erwischt. Ihre Oberlippe war hochgezogen, als wäre sie weggeschrumpft. Das Zahnfleisch, in dem bis vor kurzem noch ein paar braune Zahnstümpfe gestanden hatten, war zu einer breiigen Masse zerschlagen worden. Ihr Schädel war furchtbar zugerichtet. Unter den grauen Haarsträhnen gähnten tiefe Spalten. Herausgequollene

Hirnmasse verkleisterte sich mit dem ausgelaufenen Blut auf dem festgetretenen Waldboden zu einem zähen Brei. Die Schmeißfliegen hatten sich bereits darüber hergemacht, und unzählige Waldameisen trugen fleißig Klümpchen für Klümpchen davon.

Der alte Lück schob nachdenklich seine Mütze in den Nacken und hob die Axt auf, die neben der Toten im Gras lag und die er als seine erkannte. Keil und Stiel waren blutverschmiert. Haare und Erde klebten daran. Kopfschüttelnd versuchte Lück, die Axt im Gras zu säubern.

»Geh doch do an die Grohbach. Do werds doch sauwerer.«

»Do hasche Recht. Losst der die gut Axt do im Wald leie. Der kann was erläwe!«

»Wer hätten awwer a gedenkt, dass es Stollebett èmol vun den Kanzel fallt un sich dotsterzt.«

Nachdem alle einmal hingekuckt hatten, deckten die Frauen die Leiche mit einer mitgebrachten Pferdedecke zu. Die Männer steckten sich je ein Stück abgebrochenen Kautabak in die Wangen. Kauten und spieen abwechselnd. Alle zusammen warteten sie, erleichtert über den Tod der Bas Stollebett, auf den Pfarrer. Sie vertrauten darauf, dass der alte Herr mit einem gesprochenen Segen und geweihtem Wasser alles, was hier auch geschehen sein mochte, von Gottes Erdboden verbannen konnte.

»Was machten dann dei Kuh? Gebt se jetzt besser Milch?«, fragte Klause Heinrich.

»Seit vorgeschter schunn«, antwortete der Bubel und kramte in den ausgebeulten Taschen seiner Joppe. »Jetzt han ich mei Peif dehemm leie gelosst.«

»Es gebt heit noch è Gewitter.« Der Sornberger Jakob kniff die Augen zusammen und blinzelte in die untergehende Sonne.

Die andern taten es ihm nach. Damit trat ein unausgesprochenes Gesetz in Kraft, die Bas Stollebett und ihr sonderbares Ende zu vergessen.

Die Gänse wurden schon am nächsten Tag von einer anderen Gänsehirtin gehütet. Die weigerte sich, die Hütte ihrer Vorgängerin zu benutzen, und sei es nur, um sich vor plötzlichen Regenschauern zu schützen. Auch die Gänse trieb Ferrangs Veronika ins Hechlertal statt ins Grohbachtal.

Veronika war bis dato die Magd vom Bauer Lück gewesen, der froh war, das eigenwillige Geschöpf von seinem Hof zu bekommen. Vor allem, da sie anfing, seinem Sohn Johann den Kopf zu verdrehen. Und an einer gewöhnlichen Magd als künftige Bäuerin und Mutter seiner Enkel war ihm nicht gelegen. Zumal er nicht garantieren konnte, selbst von der Magd die Finger zu lassen. Wie sich vor zwei Wochen in der Kammer ihres Stallhäuschens in der Hirtengasse erwiesen hatte.

Die Hütte der Bas Stollebett verfiel mit den Jahren. Bald schon überwucherten sie Flechten und Moos.

Doch das Gebiet, wo die Gänsehütte gestanden hatte, gehörte fortan auf eine unheimliche Weise zum Dorfleben dazu.

1906 ließ der damalige Jagdpächter, Christian Fleisch aus Saarbrücken, auf derselben Stelle, wo einst die Hütte der Bas Stollebett gestanden hatte, eine Jagdhütte bauen und nannte sie »Jägerheim *Christians Ruhe* im Grohbachtal«. Der aus Vorarlberg stammende Unternehmer ließ auch noch einen Weiher anlegen. Wasser gab es ja genug im Grohbachtal.

Ein Tagelöhner aus dem Lothringischen, Jean-Pierre Grosser, der bei dem Bau der Hütte geholfen und im Dorf keine Übernachtungsmöglichkeit gefunden hatte, blieb allein bei dem Rohbau, um dort zu schlafen. Er wurde am nächsten Tag von seinen Kameraden vermisst. Man nahm an, dass der als arbeitsscheu geltende Mann das Weite gesucht hatte.

1955 kaufte die Gemeinde Bierbach das Grundstück, errichtete einen Kinderspielplatz, und aus der Jagdhütte des Christian Fleisch wurde die Waldschenke.

Der sieben Jahre alte Hans-Peter Orloff, der mit seinen Eltern und seiner Schwester am Hechlerberg wohnte, wollte unbedingt wissen, ob der Spielplatz schon fertig war. Also machte er sich eines Tages nach dem Abendessen heimlich auf den Weg ins Grohbachtal.

Mosersch Lydia sah ihn noch mit seinem Roller die Eckstraße hochfahren.

Den Roller fand man in der Nacht am Ufer des Fischweihers.

Die Feuerwehr pumpte das Wasser aus dem Weiher. Nichts. Auch eine groß angelegte Suchaktion in der Umgebung brachte keinen Erfolg. Der Junge wurde nie gefunden.

1960 wurde der Weg von der Eckstraße ins Grohbachtal, vorbei an der Kanzel bis hin zum Spielplatz, asphaltiert. Auf halbem Weg zwischen Kanzel und Dorf wurde ein Parkplatz angelegt.

Michael Hanauer, der Erste in Bierbach, der eine Vespa sein Eigen nannte, wollte den neu asphaltierten Weg als Rennstrecke benutzen.

Brigitte und Ludwig Meier kamen gerade von ihrem Grundstück am Fuße des Schuchts und bogen zur selben Zeit, als Michael am Parkplatz vorbeifuhr, mit ihrem Leiterwagen in den Weg zum Dorf ein. Sie hörten ein Motorgeräusch, dem sie keine weitere Beachtung schenkten.

Hinter der ersten Kurve nach der Kanzel entdeckten sie Michaels Vespa auf dem neu asphaltierten Weg liegend. Die kleinen Räder der Maschine drehten sich noch, vom Hanauer Michael fehlte jede Spur.

1970 wurde ein zweiter Fischweiher angelegt. Herbert Weber, der mit ein paar Freunden in der Waldschenke gesessen und zu viel getrunken hatte, kam auf die Idee, den neuen Weiher pinkelnd einzuweihen. Also torkelte er nach draußen. Seine Freunde ließen ihn alleine ziehen und haben ihn von der Stunde an nicht mehr gesehen.

1972 wurde direkt neben der Kanzel von der Freiwilligen Feuerwehr Bierbach eine Kneippanlage gebaut. In über viertausend Arbeitsstunden wurden von den Männern freiwillig und ehrenamtlich ein Wassertretbecken und ein Armbecken errichtet.

Christa Bender wollte ihren Mann Otto von der Baustelle abholen, da sie beide an diesem Freitagabend noch zu einem Geburtstag eingeladen waren.

Es war ein langer heißer Tag. Als Christa den Wald betrat, dämmerte es. Sie konnte nicht wissen, dass die Männer von der Freiwilligen Feuerwehr wegen der Hitze schon längst Feierabend gemacht hatten und im Dorf in der Eckwirtschaft saßen. Niemand hat Christa Bender je wieder gesehen.

Verirrten sich zu Lebzeiten der Bas Stollebett nur Holz schlagende Burschen und Liebespaare ins Grohbachtal im Pirmannswald, so entwickelte sich diese Region später zu einem Naherholungsgebiet für Einheimische und Besucher aus der Umgebung.

»Gehn net alleen in de Wald«, warnten der Lenhard Max, der Lück Johann und der Bubel Julius alle, ob sie es hören wollten oder nicht, »gehn nie alleen in de Wald.«

Doch wer nahm schon drei alte Männer ernst?

-III-

Bierbach, 05. August 2003

Draußen kochte der Asphalt und die Luft flimmerte und flirrte, als würde sie jeden Moment ihre physische Konsistenz verändern wollen. Ganz Europa stöhnte in diesem Sommer unter den Temperaturen, die seit Ende Mai fast jeden Tag weit über 30 Grad Celsius lagen.

In der Wirtschaft *Bei Theo* in der Pfalzstraße in Bierbach war es angenehmer als draußen, will heißen, knapp unter 32 Grad.

Eine zivile Temperatur bei durchschnittlich 40 Grad in diesem Sommer. Dazu trug ein Tischventilator auf höchster Stufe bei, der im hinteren Teil der Kneipe auf einem Regal stand, zwischen einem schmiedeeisernen Topf mit drei rosafarbenen Plastikrosen und einem grauen Tonkrug mit der verschnörkelten Aufschrift *Gruß aus Bamberg*. Wie ein tanzender Derwisch wirbelte er die abgestandene Luft herum.

Über dem Ventilator, fast unter der Decke, hing ein Schwarzweißfoto von der Damenmannschaft des FC Bierbach von 1976, in der Theos Frau Ruth das Tor gehütet hatte.

Daneben hing eine Bleistiftzeichnung unter Glas. Das Papier war schon vergilbt. Es stellte ein kleines Kunstwerk dar, signiert von Johann Lück, datiert im Jahre 1911, und es zeigte die Kanzel. Über der Kanzel stand eine schwarz gekleidete Gestalt, die aussah wie Murnaus Nosferatu mit großen, zu Klauen gekrümmten Händen: der Permes. Und er starrte mit stechenden Kohlenaugen hinüber zur Damenmannschaft des FC Bierbach.

Pfarrer Alfred Bubel lächelte.

Was ein Psychologe wohl daraus schließen würde, dachte Alfred.

Er saß, oder besser klebte, auf einem der mit Kunstleder bezogenen Barhocker. Schweißperlen standen auf seiner Stirn, lösten sich und rannen kitzelnd über sein Gesicht. Immer wieder wischte er sie mit einem weißen Stofftaschentuch weg, doch mit jedem Schluck

Bier wurden es mehr.

Außer ihm waren nur noch drei andere Gäste in der Wirtschaft, die ausgemergelten Brüder Karl, Gerd und Franz Weber. Die ganze Familie Weber sah aus, als würde sie seit Generationen an Unterernährung und Mangelkrankheiten leiden.

Karl, Gerd und Franz standen neben der geöffneten Tür und steckten den Rest ihrer Stütze in den Spielautomaten. Sie diskutierten darüber, ob Lance Armstrong oder Jan Ullrich die Tour de France 2004 gewinnen würde.

Für Unkundige hörte es sich an, als hätten die drei Brüder den dicksten Krach. Ihre Fäuste waren geballt und ihre Gesichter krebsrot. Mit einer Vehemenz, die in keinem Verhältnis zu ihrer Körpergröße oder ihrem Gewicht stand, warfen sie Geldstück um Geldstück in den Schlitz des Spielautomaten und schlugen jedes Mal dagegen, als müssten sie befürchten, dass der Apparat die Kohle sonst wieder ausspuckte.

»Da! Friss!«, drohten sie dem Automaten, und der gehorchte.

Immer wieder warfen sie Hochwürden in seiner schwarzen Hose und seinem schwarzen Kollarhemd lauernde Blicke zu. Glückspiel war Sünde. Daran konnten sie sich noch dunkel aus der Zeit des Religionsunterrichts erinnern. Was war das für ein Pfarrer, der sich einen Dreck um seine Schäfchen kümmerte und lieber vor sich hin starrte. In der Wirtschaft. Mit einem Glas Bier. Wenn sie heute Abend ohne Geld dastünden, wäre eindeutig der Pfaffe schuld.

Karl hätte dem Pfaffen gerne die Meinung gesagt, aber bei denen zog man immer den Kürzeren und außerdem stotterte Karl, wenn er seinen Alkoholpegel noch nicht erreicht hatte. Aber wenn der erst einmal erreicht war! Karl spürte eine unbändige Lust auf eine richtig schöne Schlägerei in sich hochkochen. Er schlug sich mit der Faust in die hohle Hand. »Kkkomm mmir einer ddumm!«

Und wenn er sich heute nicht den Pfaffen vorknöpfen würde, dann bei nächster Gelegenheit den Wolfgang, der im Kirchenchor sang und auch immer ein so frommes Gesicht machte und der mit dem Pfaffen befreundet war. Der Karls Mutter immer so scheinheilig grüßte und die alte Frau früher die Unterkirche hatte putzen lassen. Für die Weber-Brüder, besonders für Karl, war das ganze Dorf verdorben, scheinheilig und gemein.

»Aalles dddreckige Bbastarde«, knurrte er.

»Wen meinst du?«, fragte sein Bruder Gerd, warf noch einen

Euro in den Schlitz und knallte mit der Faust auf den Spielautomaten. »Die Pfaffen?«

»Ddas gganze Ddorf. Nnur dddreckige Bbastarde!«

»Mit der Nas immer ganz oben!«, sagte Franz.

Alfred saß allein an der Theke und ahnte nichts von dem Kampf, der in Karl und dessen Brüdern tobte. Er betrachtete stattdessen sein Porträt in einem versilberten Pokal, den Theo im letzten Jahr bei einem Bierzapfwettbewerb auf dem Webenheimer Bauernfest gewonnen hatte.

Was er sah, war ein rundes Gesicht mit ein paar Haaren obendrauf, das durch die bauchige Form des Pokals noch mehr in die Breite gezogen wurde.

Du siehst aus wie die Witzfigur eines wohlgenährten, mittelalterlichen Mönchs. Du hättest in *Der Name der Rose* mitwirken können, dachte er bei sich.

Er nahm sein Taschentuch wieder aus der Hosentasche und wischte sich über das Gesicht. Nicht nur die Hitze, die sich in seiner schwarzen Kleidung hielt wie in einem Nachtspeicherofen, machte ihm zu schaffen. Er haderte heute so mit Gott und der Welt, wie er es seit seiner Zeit als weltverbessernder, der lateinamerikanischen Befreiungstheologie zugeneigter Theologiestudent nicht mehr getan hatte. Als er für sein Leben gern an der Seite von Bischof Romero Lateinamerika aus den Klauen einer habgierigen Oligarchie befreit hätte. Das harte Studium an der Priesterakademie in Speyer hatte ihm nur in seinen Träumen Gelegenheit geboten, heroische Taten zu vollbringen. Und im Nachhinein betrachtet, schien dies auch nicht Gottes Wille gewesen zu sein. Er hatte etwas anderes mit ihm vor. Aus dem kämpferischen Theologiestudenten Alfred war ein Dorfpfarrer geworden.

Seine Gemeinde Bierbach gehörte zur Stadt Blieskastel und war mit fast zweitausend Einwohnern der drittgrößte Stadtteil.

Bierbach lag am Fuße zweier Bergrücken, dem 334 Meter hohen Schucht und dem Steinberg, der noch 15 Meter näher an alpine Größe heranreichte. Bierbach lag vor allem zwischen den über die Grenzen des Landes bekannten Naherholungsgebieten Pirmannswald und dem Bliesgau. Und die Bierbacher Aue, durch die sich die Blies schlängelte, war eine der schönsten Flussauen in ganz Deutschland. Es gab einen Radweg, der neben der Blies entlangführte und der an Wochenenden überfüllt war von Radfahrern,

Fußgängern, Inline-Skatern.

Es herrschte ein Betrieb wie auf den Wanderwegen zu den Schlössern vom Bayernkönig Ludwig. Na ja, nicht ganz, aber fast.

In Bierbach war Alfred geboren und aufgewachsen und im acht Kilometer entfernten Homburg hatte er das Johanneum besucht, ein von den Herz-Jesu-Missionaren gegründetes Internat, in dem auch Externe wie er unterrichtet wurden. Nach dem siebenjährigen Studium und der Weihe zum Priester war es dem Bierbacher Bub gelungen, sich schnell wieder in das Dorfleben einzufügen.

Normalerweise sollte ein Priester nie Pfarrer in seiner Heimatgemeinde werden, wo man ihn bereits als kleinen Buben gekannt hatte. Aufgrund des großen Priestermangels in der Diözese Speyer hatte man bei ihm eine Ausnahme gemacht. Und es war keine Fehlentscheidung des Bischofs gewesen. Alfreds Sorge, von den Älteren, die hauptsächlich in seine Kirche kamen, nicht respektiert zu werden, hatte sich als grundlos erwiesen.

Er nahm einen großen Schluck Bier, leckte sich den Schaum von den Lippen und wischte sich wieder mit seinem Taschentuch über die Stirn und den Hals. Matthäus kam ihm in den Sinn und Alfred deklamierte: »Selig sind, die reinen Herzens sind, denn sie werden Gott schauen.«

»Selig sind die Bekloppten, denn sie brauchen keinen Hammer«, deklamierte Karl ebenso flüssig. Er hatte seinen Pegel erreicht. Seine Brüder und der Wirt lachten kehlig.

Alfred hörte gar nicht hin.

Er hatte die letzten Wochen mit seinem Gemeindereferenten Jens Lüders, einem dürren, überlangen, asketisch aussehenden Mann aus dem protestantischen Nordfriesland, ein Programm entwickelt. Lüders nannte es despektierlich ein Unterhaltungsprogramm. Es war Alfred daran gelegen, die Bierbacher Jugend wieder zum Gottesdienst und zur aktiven Teilnahme am Kirchenleben zu bewegen. Ermutigt hatte ihn das seit ein paar Jahren aufflammende Interesse vieler Teenager an der Bibel, vor allem an der Offenbarung des Johannes. Alfred wurde häufig darauf angesprochen und um eine Erklärung gebeten, was es mit den sieben Posaunen auf sich hatte oder mit der Schale des Zorns oder auch mit dem Reiter auf dem weißen Pferd.

Die hochgezogenen Augenbrauen und das spöttische Lächeln seines gestrengen Gemeindereferenten ignorierend, hatte er dieses

Interesse zum Anlass genommen, Jugendmessen und extra Bibellesungen für junge Leute zu organisieren.

Es hatte nicht lange gedauert, bis seine Hoffnungen zerstört wurden, genau gesagt bis heute Nachmittag und zur ersten Bibellesung. Ihr Thema waren *Die Briefe des Paulus an die Korinther* gewesen, und es war kein einziger Jugendlicher gekommen.

Alfred, der mit Lüders wartend in der Unterkirche gesessen hatte, gab der Hitze die Schuld, die die Jugendlichen wohl eher ins Schwimmbad als in die Kirche getrieben hatte.

Lüders hatte dazu nur die Nase gerümpft und das kleine Kreuz über der Sitzgruppe fixiert. Es war ihm vom Gesicht abzulesen, welcher Art das Zwiegespräch zwischen ihm und Jesus Christus war. Lüders' grundsätzliche Frage dabei lautete, so vermutete Alfred: *Warum, oh Herr, ist dieser fette Trottel Pfarrer und nicht ich?*

Nach einer dreiviertel Stunde hatte er den Gemeindereferenten nach Hause geschickt und zwanzig Minuten gewartet, bis er sicher sein konnte, ihm vor der Kirche nicht mehr zu begegnen. Dann war er unglücklich die Treppe hochgestapft, am begrünten Innenhof kurz stehen geblieben und hatte einem Schmetterlingspaar zugeschaut, das sich sacht auf einer Rosenblüte niedergelassen hatte.

Danach war er durch den Haupteingang, unter dem Kirchturm hindurch, auf den Vorplatz gegangen. Aber statt ins Pfarrhaus zu gehen, entschloss er sich, seinen Eltern, Lisbeth und Pirmin Bubel, in der Korngartenstraße einen Besuch abzustatten.

Vielleicht hatte seine Mutter einen Kuchen gebacken, zumindest hatte sie einen in der Tiefkühltruhe, den sie für ihn auftauen würde. Der Gedanke hatte ihn wieder froh gestimmt und er war die Kirchentreppe hinuntergeeilt, die direkt in die Korngartenstraße führte.

Auf halber Höhe der Treppe war ihm Falk Strobel, der neunzehnjährige Sohn seines Freundes Günter, begegnet. Von ihm hatte Alfred erfahren, dass die jüngeren Mitglieder seiner Gemeinde die Religion mit einer Folge aus *Akte X* verwechselten und die Offenbarung des Johannes einfach nur cool fanden. Sie hatten keinerlei Interesse, die Messe zu besuchen und sich ernsthaft mit der Bibel auseinander zu setzen. Angesagt war, das letzte Kapitel des Neuen Testaments nach drehbuchreifen Gruselszenen zu durchforsten.

»So ist es halt, Herr Pfarrer. Da kann man nichts machen. Tschüß«, hatte Falk abschließend gesagt, grüßend die Hand gehoben und seinen Weg fortgesetzt. Und damit war Alfreds letzte Hoffnung auf ein reges, die ganze Kirchengemeinde umfassendes Miteinander dahin.

Vielleicht aber, so dachte er sich jetzt, habe ich nur einen Grund gebraucht, wieder mal ein Bier zu trinken.

Die Stunde, die er bei seinen Eltern verbracht hatte, war nicht sehr amüsant gewesen, auch wenn er seinen Kuchen bekommen hatte. Seine Mutter werkelte die ganze Zeit in der Küche herum und murmelte leise vor sich hin, wahrscheinlich ein Gebet. Sie lebte getreu dem Motto *Müßiggang ist aller Laster Anfang*.

Je größer und stattlicher Alfred wurde, desto schmächtiger erschien ihm sein Vater. Ihn verfolgte die Vorstellung, ein Bandwurm würde in dem alten Mann hausen und ihn von innen langsam auffressen.

Der alte Pirmin Bubel hatte auf dem Küchenstuhl gesessen und abwechselnd seinen Sohn und das Kreuz über dem Tisch angestarrt und dabei die Faust seiner rechten Hand geballt, als hätte er einen inneren Kampf durchzustehen.

Bei Bubels hing in jedem Zimmer ein Kreuz an der Wand. Darüber, dass seine Eltern Gott so offensichtlich zugetan waren, hätte er eigentlich glücklich sein müssen. Aber wenn er ehrlich war, schämte er sich ihrer.

Er trank einen Schluck Bier. Es bedrückte ihn, dass er sich seiner lieben Eltern schämte und dass er seinen Vater nicht gefragt hatte, was ihn quälte.

»Noch drei! Oder sollen wir verdursten, Theo!«, schrie Franz und Alfred zuckte zusammen.

»Kommt gleich«, beruhigte ihn Theo.

Inzwischen war es Abend geworden, das Pfarrbüro geschlossen und Daniela Westphal, Alfreds tüchtige Pfarrsekretärin, längst zu Hause bei Mann und Kindern. Die Kranken und Bedürftigen hatte er am etwas kühleren Vormittag schon besucht und eine Abendmesse hatte er heute auch nicht mehr zu halten. Gott sei Dank, dachte er und nahm noch einen Schluck.

Zu viel Bier durfte er natürlich auch nicht trinken, denn immerhin war er der katholische Pfarrer von Bierbach. Und in Bierbach, so klein es auch war oder gerade deswegen, hatten die Wände Augen und Ohren. Aber gegen ein zweites Glas war nichts einzuwenden.

»Und ich sah den Himmel aufgetan; und siehe, ein weißes Pferd. Und der darauf saß hieß: Treu und Wahrhaftigkeit«, zitierte Alfred den Johannes und winkte Theo, den Wirt, herbei.

»Noch eins, Herr Pfarrer?«

»Ja, bitte.«

»Und wie geht's? Sonst alles in …?«

Alfred nickte, obwohl der Rest des Satzes im infernalischen Geschepper fallender Münzen und dem Gewinner-Jingle des Spielautomaten unterging. Einer der Weberbrüder schien eine Glückssträhne zu haben.

»Früher hätte es das nicht gegeben, dass der Pfarrer in die Wirtschaft kommt. Da sind sie zum Saufen und zum … nach Saarbrücken gefahren.« Theo lachte dröhnend, während er ein neues Karlsberg zapfte.

Alfred runzelte leicht verärgert die Stirn, was der Wirt im Halbdunkel der düsteren Kneipe nicht sehen konnte, aber irgendwie ahnte. Theos Lachen wurde immer verhaltener und endete in einem verlegenen Räuspern.

Hinter Alfreds Rücken machte Franz eine eindeutig obszöne Geste. Bevor Theo etwas zu ihm sagen konnte, drehte er sich wieder dem Spielautomaten zu.

»Die Zeiten haben sich geändert. Nichts für ungut, Herr Pfarrer«, entschuldigte sich der Wirt.

»Ich mische mich überall gerne unter die Gemeinde, damit ich den Kontakt nicht verliere.«

»Ist schon recht, Herr Pfarrer, Sie dürfen ja auch mal ein Bier trinken. Ich habe da nichts dagegen.«

»Das ist nett von dir, Theo.« Alfred lachte.

»Außerdem bin ich sowieso evangelisch.«

»Da habe *ich* nichts dagegen.«

»Das ist großzügig von Ihnen, Herr Pfarrer.«

Theo stellte das gezapfte Bier vor Alfred auf die Theke.

»Würden Sie bei der Ökumene mit den Evangelischen das Abendmahl feiern?«

Alfred holte tief Luft und stöhnte innerlich. Hatte man als Pfarrer denn nie Feierabend? »Die katholische und die evangelische Kirche feiern so manches Fest zusammen. Wir leben die Ökumene, gerade hier in Bierbach«, wich er der Frage aus.

Er hasste diese Fragen, von denen er glaubte, dass kein ehrliches

Interesse dahinter steckte, sondern der Wunsch, die katholische Kirche als nicht mehr zeitgemäß darzustellen. Denn wie sollte er Fragen wie diese oder die noch beliebtere nach dem Zölibat in ein, zwei griffigen Sätzen beantworten?

Wie viele Christen, so überlegte er und nahm einen großen Schluck, kannten denn noch den Sinn und Ursprung der Eucharistie oder des Abendmahls? Wer wusste noch, dass sich in der katholischen Kirche während der Eucharistiefeier Brot und Wein tatsächlich in den Leib und das Blut Christi verwandelten? Wo hingegen nach der Auffassung Luthers Jesus Christus zwar im Abendmahl leiblich gegenwärtig war, doch verwandelte sich das Brot nicht wirklich in den Leib Christi. Und dennoch, dachte Alfred, sind wir alle Christen, vereint im Glauben, und feiern das Abendmahl im Gedenken an den Tod und die Auferstehung Christi.

»Ich möchte zahlen, Theo.«

»Fünf zwanzig.«

Alfred legte sechs Euro auf die Theke, trank sein Bier aus und stand auf. Letzteres war gar nicht so einfach, denn der Barhocker klebte an seinem Hintern. Verlegen schielte er nach den Weber-Brüdern, doch die waren Gott sei Dank mit einem handfesten Streit um den Starttermin der Fußball-Bundesliga beschäftigt.

Karl war der Meinung, dass die Bayern auf keinen Fall wieder Meister werden dürften, auch wenn er dafür seinen Brüdern eigenhändig die dürren Hälse umdrehen müsste.

Theo wühlte umständlich in einem Beutel mit Wechselgeld. Nahm eine Handvoll Münzen raus, betrachtete sie stirnrunzelnd und ließ sie stöhnend in den Geldbeutel zurückfallen.

»Lass nur, Theo. Es stimmt so.«

»Danke, Herr Pfarrer.« Theo ließ zufrieden den Geldbeutel zuschnappen und warf ihn in die Schublade unter der Theke.

Alfred überlegte und drehte sich noch einmal um, bevor er aus der Tür ging. »Theo, deine Frage beantworte ich dir gerne, wenn du zu mir ins Pfarrhaus kommst. Aber bring viel Zeit mit. Ich muss nämlich weit ausholen. Und vielleicht können wir bei der Gelegenheit auch ein Gebet zusammen sprechen.«

Die Weber-Brüder prusteten los.

»Nein, danke, Herr Pfarrer. Das wäre sehr nett von Ihnen, aber lassen wir's besser sein«, beeilte sich Theo zu antworten. »Ich kann ja hier nicht weg. Außer am Ruhetag, und da gehen wir einkaufen.«

Alfred zog fragend die Augenbrauen hoch.

»Und wenn wir mal nicht einkaufen gehen, habe ich zu Hause jede Menge zu tun. Sobald die Hitze rum ist, will ich das Wohnzimmer tapezieren und den Flur und das Schlafzimmer und das Esszimmer.« Theo suchte händeringend nach weiteren Entschuldigungen.

»Ist schon gut, Theo«, entließ ihn Alfred gnädig.

Theo nickte dankbar und wünschte Alfred einen schönen Abend.

»Gelobt sei Jesus Christus«, murmelte Alfred und verließ die Kneipe.

Als er auf den Bürgersteig trat, war ihm, als liefe er gegen eine Wand aus heißer Luft. Die Augusthitze ließ seine schwarze Priesterkluft an ihm kleben wie einen nassen Plastikduschvorhang. Obwohl es schon kurz nach halb acht war, schien es noch immer über 30 Grad zu sein. Bierbach lag da wie ausgestorben. Nicht einmal die Frauen waren auf der Straße, die sich für gewöhnlich gegen Abend zum Friedhof aufmachten, um die Gräber zu gießen.

Er schaute über die Straße hinweg in die Aue. Die Blies lag dunkel und schwer da, als wäre der kleine Fluss zu einem stehenden Gewässer geworden. Sein Pegelstand lag weit unter normal.

Langsam ging er die Pfalzstraße dorfeinwärts. Die Stimmen und Geräusche aus der Wirtschaft wurden mit jedem Schritt leiser, bis sie nicht mehr zu hören waren.

Es war totenstill in Bierbach. Totenstill und ausgestorben.

Wie totenstill und ausgestorben, korrigierte er sich. Trotzdem konnte er nicht verhindern, dass ihm der Angstschweiß ausbrach. Und plötzlich wurde ein Schalter in seinem Kopf umgelegt und die Zeit drehte sich um dreißig Jahre zurück.

Es war an einem heißen Sommertag gewesen, genau wie heute.

Dreißig Jahre zuvor. Und sie hatten … Ja, was hatten sie getan? Er musste nur kurz überlegen und schon lief der Projektor warm und der Acht-Millimeter-Film mit seiner Erinnerung spulte ab. Manche Szenen waren nur undeutlich zu erkennen. Das war jedoch kein Problem für jemanden, der den Film bereits kannte.

-IV-

Bierbach, 15. Mai 1972

Sie hatten viele Stunden in der Kneippanlage neben der Kanzel im eiskalten Wasser geplanscht, die *Sechs Unzertrennlichen*: Jessica Lück, Margot Klaus, Wolfgang Lenhard, Günter Strobel, Birgit Altpeter und er, Alfred Bubel.

Die Anlage war zwar noch nicht ganz fertig, aber es war schon genug Wasser im hellblau gestrichenen Becken, um mit den Knien am Boden ein paar kurze Schwimmbewegungen zu machen, und vor allem genug, um sich gegenseitig zu tunken.

Es war ihnen ausdrücklich verboten worden, in der halbfertigen Anlage zu spielen, aber solange niemand in der Nähe war, taten sie es trotzdem.

Später waren sie zum Spielplatz weiter oben im Pirmannswald gegangen und hatten dort weiter gespielt. Zu Alfreds großer Not hatten sie ihre Geschicklichkeit im Weitspringen von der Kettenschaukel gemessen. Dann war es Jessica zu langweilig geworden und sie hatte vorgeschlagen, tiefer in den Wald zu gehen und *Robin Hood im Sherwood Forest* zu spielen.

Der Vorschlag wurde angenommen und gemeinsam jagten sie dann am Fischweiher vorbei, den Schwarzen Weg hinauf, in Richtung der Sieben Fichten. Jessica vorneweg und er schwer keuchend hinterher.

Auf der Lichtung bei den Sieben Fichten angekommen, wurden Birgit und er zu englischen Edelleuten bestimmt, die von Jessica, Wolfgang, Margot und Günter überfallen und ausgeraubt werden sollten.

Er hatte sich ein gutes Versteck ausgesucht, um dem Überfall zu entgehen. Ein Versteck, das seinen ganzen Mut erforderte. So viel Mut, wie ihm die anderen nicht zutrauen würden. Es war ihm klar, dass er nicht zu Robins Bande gehören durfte, weil ihn die anderen für zu dick und zu feige hielten. Er ließ Birgit zurück, die sich lieber in der Nähe der Lichtung verstecken wollte, und lief den

Weg auf Kirkel zu. Nach ein paar Minuten bog er in den Felsenpfad ein.

Der Felsenpfad war eine einmalige Attraktion für jeden Wanderer in dem Wald zwischen Bierbach und Kirkel. In späteren Jahren sollte er zu einem Dorado des Freeclimbing werden. Doch Alfred hatte keinen Sinn für die bizarre Schönheit dieser ungewöhnlichen Gesteinsformationen mitten im Wald. Sein Herz schlug wild und sein grünweißes Hemd war an vielen Stellen dunkel von Schweiß. Mutig und mit zusammengebissenen Zähnen setzte er einen Fuß vor den anderen.

Die in Schichten aufgeworfenen Felsen aus Buntsandstein hingen drohend über ihm, als er den schmalen Pfad entlangging. Er kam sich unter ihnen noch kleiner und schutzloser vor, als er es ohnehin schon war. Feuchte, kühle Luft stieg aus den bemoosten Spalten unterhalb der Felsen hervor. Obwohl er schwitzte, war er dankbar für jeden Sonnenstrahl, der durch die Baumkronen fiel.

Er hatte keine bewundernden Gefühle für den Felsenpfad. In vielen der steinernen Riesen sah er Gesichter, die ihn angrinsten oder Fratzen schnitten. Auch war er davon überzeugt, dass sie es darauf anlegten, Kinder wie ihn auf dem Weg zum Stolpern und Fallen zu bringen. Und wenn er dann auf dem Boden läge, würden die Felsspalten sich weiter öffnen wie Mäuler und riesige Zähne, mit Moos und Flechten bewachsen, kämen zum Vorschein. Die Felsen mit ihren zig Felsspalten und ihren hunderten von Zähnen würden sich ganz langsam dem Boden zuneigen und dann …

Unter dem Pales-Felsen hatte er sich niedergekauert und gewartet. Hier würde ihn niemand finden. Auch die Felsen selbst nicht. Sie konnten zwar den Weg bewachen, aber nicht erkennen, wer direkt unter ihnen saß. Ein Nachteil, wenn man so unbeweglich und groß war.

Dass er hier aushalten würde, war ihm wichtig. Wichtiger als seine Angst. Denn keiner traute ihm zu, am wenigsten Jessica, dass er sich so weit von seinen Freunden entfernen würde. Und dann auch noch im Felsenpfad. Er konnte stolz auf sich sein. Und das würde er auch, sobald er wieder mit den anderen zusammen war.

Nach einer Weile wurde ihm die Zeit lang und immer länger. Er gewöhnte sich sogar an seine Angst vor den unheimlichen Felsen um sich herum, so wie man sich an einen kratzenden Pullover auf der Haut gewöhnt.

Er legte sich bäuchlings auf den weichen Boden und beobachtete die Waldameisen, die scheinbar ohne jede Ordnung hin und her liefen. Mal mit Gepäck, mal ohne. Irgendwann zwischen der hundertsten und hundertundersten Ameise musste er dann eingenickt sein.

Sein gleichmäßiger Atem streifte die ausgetrockneten Nadeln und Blätter vor seiner Nase und seinem offen stehenden Mund. Es war vollkommen ruhig um ihn herum. Nur sein leichtes Schnarchen war zu hören. Es störte die Stille nicht, sondern unterstrich sie noch, als würde es auf ganz natürliche Weise zu den Geräuschen des Waldes gehören.

Alfred spürte, wie der Waldboden leise zu vibrieren begann.

Schritt.

Noch ein Schritt.

Schwere, gleichmäßige Schritte.

Leise. Vernehmlich. Lauter.

Sie drangen immer stärker in sein Unterbewusstsein, stahlen sich in diesen undeutlichen Zustand zwischen Wachen und Träumen, als gehörten sie dazu.

Und die Schritte kamen näher.

Er riss in der Sekunde die Augen auf, als er die Gefahr witterte. Generationen der Zivilisation hatten zum Glück nicht das Erbe der Urahnen verdrängt, die im Wald von Gefahren umgeben waren und nur mit geschärften Sinnen überleben konnten. Er sprang auf die Füße.

Er blickte nach links.

Niemand näherte sich.

Er blickte nach rechts.

Ein Schatten verschwand um die Biegung.

War es ein Mensch?

Ein Tier?

Ein Geist?

Er wusste es nicht.

Aber er kannte den Namen des Schattens.

Es konnte nur einer sein: der Permes.

Alfred schaute auf seine Armbanduhr, die er zu seiner Kommunion bekommen hatte. Eine Stunde war vergangen, und seine Freunde hatten ihn nicht gefunden, aber dafür hätte ihn beinahe der Permes entdeckt. Er wunderte sich, dass er mehr stolz war als ängstlich.

Er machte sich schleunigst auf den Weg zu den Sieben Fichten, um seine Freunde zu suchen und sich stolz als den Mutigsten des Tages zu präsentieren, der sich nicht nur allein auf dem Felsenpfad versteckt hatte, sondern beinahe auch noch gegen den Permes hatte kämpfen müssen.

Der Rest der Unzertrennlichen war verschwunden. Die Lichtung bei den Sieben Fichten war menschenleer.

Sicher ist es Jessica mal wieder zu langweilig geworden, dachte er und kam sich plötzlich sehr erwachsen vor. Doch dieses Gefühl verschwand so schnell, wie es gekommen war. Er befand sich allein im Wald. Und ganz in der Nähe trieb sich noch der Permes herum.

Alfred rannte zum Schwarzen Weg, der hinunter nach Bierbach führte. Er rief. Laut. Lauschte auf Antwort. Rief wieder. Nur ein einsamer Eichelhäher antwortete ihm.

»So muss es sein, wenn alle tot sind und man der letzte Mensch auf der Welt ist«, murmelte er und versuchte sich vorzustellen, was das für ein Gefühl wäre. Es war kein schönes Gefühl.

»Gehn nie alleen in de Wald«, hatten sein Großvater und die Großväter von Jessica und Wolfgang immer gesagt, »denn sonscht holt euch de Permes.«

Dass ihm die Ermahnung ausgerechnet in diesem Augenblick einfallen musste. Jetzt, wo er allein war. Er mochte sich gar nicht vorstellen, was der Permes mit ihm machen würde, wenn er ihn zu fassen bekäme. Der Permes war um vieles schlimmer als die Felsen, die ja nur in Alfreds Phantasie lebendig wurden. Aber den Permes gab es wirklich. Oder wer sollte das sonst vorhin gewesen sein?

Viele hatten ihn schon gesehen und Schauerliches berichtet. Wolfgangs Großvater hatte, solange Alfred ihn kannte, nie den Wald betreten. Weder allein noch mit anderen. Wenn der Lenhard Max spazieren gegangen war, dann immer in den Bliesauen. »Ich muss weit kucken können«, hatte er immer zu den Kindern gesagt.

Alfred war allein und auf sich gestellt. Fieberhaft überlegte er, was zu tun sei, um dem Permes noch einmal zu entkommen. Sicher dachte der Herrscher des Waldes, dass Alfred den kürzesten Weg nehmen würde. Den Schwarzen Weg, der zum Spielplatz führte, von dem man an der Kanzel vorbei direkt ins Dorf kam.

Ich kann ihm nur entkommen, wenn ich einen anderen Weg nehme, überlegte er und marschierte entschlossen Richtung Lautzkirchen. Am Frauenbrunnen machte er kurz halt, erfrischte sich und trank eine paar Hände voll Wasser. Aber nicht, ohne sich dabei immer wieder nach dem Permes umzusehen.

Nach einer Stunde kam er kurz vor Lautzkirchen auf der Straße heraus. Er war müde und hungrig, aber er war dem Permes entkommen. Und mit den Eisenbahnschienen und der Bliesaue neben der Straße marschierte es sich leichter die vier Kilometer nach Bierbach.

Dass ihm kein einziges Auto begegnete und auch kein Zug, beunruhigte ihn nicht. Noch nicht. Die einfache Tatsache, wieder auf einer asphaltierten Straße zu laufen, ließ keinen Platz für schaurige Gedanken. Die gehörten für ihn zum Wald, in dem der Permes hauste.

Als er am Webenheimer Stich um die Kurve bog, konnte er das Dorf schon sehen. Kurz darauf kam er am Friedhof vorbei. Auf der Pfalzstraße, die damals noch Hauptstraße hieß, kamen auf der linken Seite die ersten Häuser von Bierbach in Sicht. Als erstes das Haus, in dem die Gölzers wohnten. Dann das Doppelhaus, in dessen linker Hälfte die drei katholischen Ordensschwestern wohnten: Schwester Pantaleon, die die Kranken im Dorf versorgte, Schwester Honoria, die den Kindergarten leitete, und Schwester Emanuela, die sich um den Haushalt kümmerte. Es folgten Ulrichs, dann Meilsches. Und nirgendwo eine Menschenseele. Es war totenstill. Das Dorf lag da wie ausgestorben.

Er musste heftig schlucken. Hatte der Permes vielleicht gedacht, es wäre sein Wunsch gewesen, als er vorhin im Wald gemurmelt hatte: »So muss es sein, wenn alle tot sind …«

»Wenn man sich etwas im Wald wünscht, erfüllt das der Herrscher des Waldes. Aber nur die schlimmen Wünsche«, hatte Wolfgangs Großvater geunkt und wissend genickt.

Alfred hielt seine Hände vor den Mund, formte sie zu einem Trichter und rief rasch in alle vier Himmelsrichtungen: »So habe ich es nicht gemeint!«

Der Weg nach Hause zog sich, und seine Beine wurden immer schwerer. »Wenn du so langsam läufst, bleibst du noch mal im Asphalt stecken und versinkst«, hatte ihm Margot noch am Morgen prophezeit. »Immer weiter runter, dort hin, wo der Teufel wohnt.«

Im Dorf war man eigentlich nie allein. Aber wenn jetzt doch? Wenn wirklich alle Menschen verschwunden waren? Dann würde der Permes bestimmt auch wagen, ins Dorf vorzudringen.

In der Hauptstraße war Alfred noch immer keiner Menschenseele begegnet, obwohl er schon auf der Höhe des alten Schulhauses war. Kein Fenster, keine Tür hatte sich geöffnet. Es war immer noch alles totenstill und ausgestorben.

Als er am Ehrenmal für die Gefallenen der Weltkriege vorbei kam, machte er bei der Metzgerei Prinz halt und schaute durch das Schaufenster, um zu sehen, ob dort jemand war. Es war niemand zu sehen. Die Kühltheke war ausgeräumt und ausgewaschen. Nur Konservendosen mit Hausmacherwurst standen in den Vitrinen an der Wand.

Er lief die paar Stufen der Treppe hinauf und rüttelte an der Tür.

War er denn ganz allein auf der Welt?

Plötzlich legte sich eine Hand auf seine Schulter, und er spürte den heißen Atem des Permes an seinem Ohr.

Er ist gekommen und holt dich, spukte es durch seinen Kopf. Es ist zu spät, zu spät für alles.

Langsam drehte sich Alfred um, die Tränen in seinen Augen ließen ihn nur verschwommen sehen. Doch da war niemand. Er atmete durch und konnte es gar nicht fassen, dass er am Leben bleiben würde.

Dankbar, dem Permes noch einmal entkommen zu sein, rannte er die Treppe auf der anderen Seite wieder herunter.

Auch in der Lindenstraße begegnete ihm niemand. Am Haus der beiden alten Schwestern Mathilde und Frieda, die (obwohl schon hoch betagt) im Dorf noch immer die Neie-Mäde genannt wurden, schaute er verzweifelt zum Küchenfenster hoch. Eine von den beiden saß doch sonst immer dort und suchte das Gespräch. Heute saß keine da und das Küchenfenster war fest geschlossen.

Warum ist denn keiner da? Was mache ich nur, wenn mich der Permes erwischt? Fast hätte er geweint.

Alfred schaute noch hoffnungsvoll aber vergebens in Sornbergers Gemüseladen und den Milchladen von der Frau Jung. Die beiden Läden lagen nebeneinander im Erdgeschoss eines ehemaligen Bauernhauses, schräg gegenüber von Mathildes und Friedas Haus.

Er lief weiter die Korngartenstraße entlang. Wäre er geradeaus die Treppen hinaufgegangen, wäre er zur Kirche gekommen. Doch die war damals noch kein Ort des Trostes für ihn. Er bog links ab. Nur noch zwei Häuser, dann wäre er zu Hause und in Sicherheit.

Am anderen Ende der Straße meinte er eine schwarze Gestalt auf sich zukommen zu sehen.

Er hastete die Stufen zur Haustür hoch, fiel hin, schlug sich die Knie auf und stieß einen Schmerzensschrei aus.

Seine Mutter öffnete die Tür, half ihm auf und strich ihm tröstend übers Haar.

Als Alfred sich noch einmal umdrehte, sah er, wie auf der gegenüberliegenden Straßenseite die Tür zum Haus seines Großvaters Julius Bubel zufiel.

-V-

Bierbach, 05. August 2003

Nur ein Kind denkt sich so einen Unsinn aus, sagte Alfred sich jetzt, einunddreißig Jahre später. Denn wieder waren alle Straßen wie leergefegt. Weil es so heiß war. Auch damals war es so heiß gewesen, wenn auch nicht ganz so wie heute.

Er sah in den wolkenlosen Himmel, wo die Abendsonne noch immer feurig strahlte. Und die Vernunft vertrieb seine Angst. Aber nicht die dumpfe Ahnung nahenden Unheils.

Er blieb vor der Hügelstraße stehen, die von der Dorfmitte aus hoch zur Kirche führte. Er schaute über die Straße zur Bäckerei Kiefer. Auch dort waren die Markisen hochgezogen und das nackte Schaufenster warf nur sein eigenes konturloses Spiegelbild und einen kleinen Ausschnitt der Pfalzstraße sowie der Hügelstraße zurück, doppelt belichtet und mehrfach überblendet.

»Es wird wieder passieren!«, stieß er hervor und fragte sich im selben Augenblick, wie er so etwas denken konnte. Oder hatte er etwa eine göttliche Vision? Das wäre ihm sehr peinlich gewesen. Wie hätte er das seinem Bischof erklären sollen?

Er schloss einen Moment die Augen, um sich zu sammeln. Schließlich war er trotz seines Glaubens ein moderner Mensch.

Wie kam er auf so einen Gedanken? Was würde wieder passieren? Er hatte keine Ahnung.

Und wieso wieder? Damals war doch nichts passiert. Oder doch?

Langsam dämmerte es ihm. Zu langsam. Die so lange verdrängten Gedanken ließen sich nicht einfach fassen. Dreißig Jahre war es her. Was war damals geschehen?

Nachdem ihn seine Mutter ins Haus gebracht hatte, verabreichte ihm sein Vater eine Ohrfeige, weil er so spät nach Hause gekommen war und sich gar nicht mehr beruhigen wollte.

Aber da war doch noch etwas gewesen … Was? Er konnte sich nicht erinnern.

Nachdem er die Ohrfeige weggesteckt hatte, erzählte er seinen

Eltern, dass er beinahe vom Permes gepackt worden wäre, als er allein im Wald war. Darauf verpasste ihm sein Vater noch eine Tracht Prügel, und seine Mutter Lisbeth ging kopfschüttelnd und den Rosenkranz murmelnd in die Küche, um das Abendessen zuzubereiten.

Kurze Zeit später war dann sein Großvater wie jeden Tag zum Abendbrot zu ihnen gekommen. Seit Großmutter Luzia vor zwei Jahren verstorben war, kam der Großvater regelmäßig zu den Mahlzeiten. Da er schräg gegenüber wohnte, brauchte Alfreds Mutter nur aus dem Küchenfenster zu rufen, wenn der Tisch gedeckt war.

»Den Permes will er gesehen haben, unser Bub, beim Felsenpfad«, sagte sein Vater bei Tisch und lachte.

Alfred hatte sich gewundert, dass die Geschichte, die ihm eine Tracht Prügel eingebracht hatte, auf einmal so lustig sein sollte. Sein Großvater verzog keine Miene und schaute ihn nur seltsam prüfend an.

»Wie sah er denn aus?«, fragte er seinen Enkel.

»Vadder, bitte, lass das Thema«, bat Lisbeth.

»Also, wie sah er aus?«, fragte der alte Mann noch einmal, seinen Sohn und seine Schwiegertochter ignorierend.

»Er war groß und hatte einen schwarzen Umhang um und einen großen schwarzen Hut auf«, antwortete Alfred.

»So sieht doch niemand aus«, lachte Pirmin, und Alfred hörte ein leichtes Zittern aus dem Lachen seines Vaters heraus.

»Und später habe ich gedacht, dass der Permes alle Leute aus dem Dorf mitgenommen hat«, fuhr Alfred fort.

Julius ließ sein Messer fallen. Seine Augen durchbohrten Alfred, der glaubte, schon wieder etwas Falsches gesagt zu haben. Dann starrte der alte Mann zu dem Kruzifix neben der Tür. Seine rechte Hand war zur Faust geballt.

»Dummes Zeug«, sagte Lisbeth.

»Wie oft muss ich dir denn noch sagen, dass keiner allein in den Wald gehen soll.« Julius zog seine Taschenuhr aus seiner Westentasche und schaute darauf. »Zeit für mich«, sagte er und stand auf.

Alfred krümelte sein Brot zwischen den Fingern und wagte nicht aufzusehen, bis sein Großvater gegangen war und er die Haustür ins Schloss fallen hörte.

Und er erinnerte sich an noch etwas. Es musste in der gleichen

Nacht gewesen sein. Er hatte wach im Bett gelegen, als ein Steinchen gegen das Fenster seines Zimmers schlug. Er war aufgestanden und hatte aus dem Fenster geschaut.

Unten auf der Straße hatte Jessica gestanden. Mitten in der Nacht.

Wieso stand Jessica mitten in der Nacht unter seinem Fenster?

Oder hatte er das alles nur geträumt?

Hatte er auch nur geträumt, dass Jessica ihm atemlos zugeflüstert hatte, etwas Schreckliches gesehen zu haben ... Dass in Bierbach ein ... Aber das konnte nicht sein. Nein, das konnte nicht sein. Er weigerte sich, sich daran zu erinnern. Außerdem hatte ihn Jessica mehr als einmal an der Nase herumgeführt. Und er hatte als Kind zu viel Phantasie gehabt.

Anscheinend hatte er die noch immer.

»Es wird wieder passieren!« Dieser Satz schoss wie die Kugel eines Flipperautomaten durch seinen Kopf. Irgendwie unkontrollierbar. Sauste in seinem Kopf umher. Schlug von einer Schädelwand an die andere. Er presste seine Fäuste gegen die Schläfen.

»Es wird wieder passieren!« Jedes Wort ein Schlag. Jeder Schlag ein Schmerz. Es war ihm, als würde er um Hilfe gerufen. Als verstecke sich hinter den vier Worten eine ganz andere Wahrheit.

Es wird wieder passieren ... nahm er den Takt auf. Es wird wieder passieren ... hämmerte es in seinem Kopf.

»Selig sind die Bekloppten, denn sie brauchen keinen Hammer«, hörte er plötzlich Karl Webers quäkende Stimme ganz dicht an seinem Ohr.

Alfred nahm die Fäuste von seinen Schläfen. Faltete die Hände zum Gebet und blickte zum Himmel. »Herr, wenn das ein Zeichen von dir ist, dann hilf deinem unwürdigen Diener, es zu verstehen.«

»Ist etwas passiert, Herr Pfarrer? Geht es Ihnen nicht gut?« Nicht Karl Weber, sondern der Gemeindereferent Jens Lüders stand wie aus dem Boden geschossen vor ihm.

»Herr Lüders!« Alfred starrte ihn an wie eine Erscheinung.

Lüders trug einen schwarzen Anzug über einem perfekt gebügelten schwarzen Hemd. Trotz der Hitze stand kein Tropfen Schweiß auf seiner Stirn. Er sah aus, als würde ihn eine eingebaute Klimaanlage permanent erfrischen.

»Herr Lüders«, wiederholte Alfred. Das Hämmern in seinem Kopf hatte plötzlich aufgehört. Erleichtert ließ er die Hände sinken.

»Soll ich Sie nach Hause bringen, Herr Pfarrer? Sie sind ja weiß wie ein Leintuch.«

»Danke, Herr Lüders, aber das ist nicht nötig. Es ist nur die Hitze.«

Und das Bier, fügte Lüders in Gedanken hinzu.

»Wissen Sie, ob irgendetwas vorgefallen ist im Dorf, während ich … äh …?«, fragte Alfred so harmlos wie nur möglich.

… in der Kneipe saß, fügte Lüders wieder in Gedanken hinzu und kräuselte die Nase. »Was meinen Sie genau, Hochwürden? Einen Todesfall? Oder ein anderes Unglück?«

»Ach, nichts.«

Lüders zog die rechte Augenbraue hoch. »Vielleicht hat ein betagtes Gemeindemitglied die Hitze nicht vertragen. Haben Sie heute schon Frau Jacob besucht, Herr Pfarrer?«

»Was?«

»Frau Jacob aus der Blumenstraße, die alte Dame, die bettlägerig ist. Sie wollten Sie heute besuchen«, erinnerte Lüders und lächelte anmaßend. »So stand es in Ihrem Terminkalender. Oder hat Frau Westphal …«

»Ich habe Frau Jacob bereits heute Vormittag einen Besuch abgestattet. Es geht ihr gar nicht gut, diese Hitze und dann den ganzen Tag im Bett.«

Lüders zog nun die linke Augenbraue hoch.

Dieser Bursche ist kalt wie Hundeschnauze, stellte Alfred fest.

»Haben Sie auch mit dem Kirchenvorstand gesprochen, wegen der Fahrt ins Kloster Hornbach?«

»Lassen Sie das.«

»Bitte?«

»Hören Sie auf, mich abzufragen wie einen dummen Jungen. Was denken Sie sich?«

»Es hätte ja sein können, Hochwürden, dass Sie das Todesjahr des Heiligen Pirminius vergessen haben, bei Ihrem derzeitigen Gesundheitszustand.« Der Gemeindereferent lächelte. Dieses Mal unterwürfig.

Alfred spürte, wie seine Gesichtsfarbe von weiß zu rot wechselte. Nie zuvor war ihm so deutlich geworden, dass er den Gemeindereferenten nicht ausstehen konnte. Dieses ewige Grinsen in Lüders Gesicht, wenn er mit ihm oder sonst jemandem sprach. Diese stets gekräuselte Nase, als würde er etwas Ekliges riechen.

Alfred hatte nach der Messe auf dem Kirchenplatz schon ein

paar Mal beobachtet, wie seine Gemeindemitglieder, nachdem Lüders mit ihnen geredet hatte, verstohlen an sich selbst herumschnupperten, oder eine hohle Hand vor den Mund hielten, um ihren Atem zu prüfen.

Lüders war in seinen Augen alles andere als ein Gewinn für die Gemeinde. Alfred wollte den Bischof zwar nicht kritisieren, dafür war er zu katholisch, aber er hätte sich gewünscht, dass das Geld, das Lüders die Diözese kostete, anderweitig Verwendung gefunden hätte. Zum Beispiel zur Renovierung des Pfarrhauses.

»Wie können Sie es wagen, mir zu unterstellen, dass ich das 1250. Todesjahr des Heiligen Pirminius vergessen könnte!«

»So dürfen Sie das nicht sehen, Hochwürden. Ich sehe es lediglich als meine Aufgabe an, Sie bei Ihrer Arbeit zu unterstützen.«

Alfred hielt sich an die Gebote der Nächstenliebe und verzieh Lüders seine Frechheiten. Er kam sich ein bisschen dumm vor, weil er die Jahreszahl so präzise genannt hatte, als müsse er beweisen, dass er sie wusste.

»Ich bin nur ein Diener des HERRN. Und meine bescheidene Aufgabe ist es, mitzuhelfen, dass in der Gemeinde alles zum Wohle des HERRN geschieht.« Lüders lächelte unverschämt.

Alfred registrierte es zwar, aber winkte ab. Für eine Auseinandersetzung war es viel zu heiß. Er drehte sich grußlos um und ging die Hügelstraße hinauf.

»Gott mit Ihnen, Herr Pfarrer.«

Sein Amt verbot es Pfarrer Bubel, die Antwort zu geben, die der Mann Alfred gerne gegeben hätte. Wie Nadelstiche spürte er die Blicke seines Gemeindereferenten im Rücken. In diesem Moment wäre er gerne Don Camillo mit den stahlharten Fäusten gewesen.

Doch wenigstens hatte die Kugel in seinem Kopf aufgehört herumzuflitzen.

Aber was? Was wird wieder passieren, fragte er sich erneut. Und vor allem, wo und wem?

Und warum habe ich diese Vorahnung?

Weil ich für meine Gemeinde verantwortlich bin?

Er sehnte sich danach, in seine kühle Kirche zu gehen. In der Zwiesprache mit Gott seine innere Ruhe wieder zu finden und Antworten auf seine Fragen. Und er wünschte sich noch etwas anderes. Er wünschte sich plötzlich, Jessica wäre hier.

-VI-

Bierbach, 06.August 2003

Wolfgang Lenhard lachte. Etwas übertrieben zwar, aber er lachte. Was sollte er auch sonst tun? Er musste zeigen, dass er der Situation gewachsen war. Denn Angst hatte er keine. Sagte er sich.

Wovor sollte er auch Angst haben? War vielleicht irgendwo eine Waffe zu sehen?

Er war immerhin einsachtundachtzig groß und durchtrainiert. Diese jämmerliche Gestalt, die in der Diele seines Hauses vor ihm stand, konnte er am ausgestreckten Arm verhungern lassen, wenn er wollte. Und er verspürte wirklich Lust dazu.

Wut kochte in ihm hoch. Immerhin war das hier sein Haus. Und wer hier ein und aus ging, bestimmte immer noch er.

»Wenn du nicht sofort verschwindest, rufe ich die Polizei! Also, hau ab!«

»Und warum?«, bekam er zur Antwort.

»Wegen Hausfriedensbruch oder wegen Einbruch zum Beispiel und natürlich wegen Diebstahls. Deine Fingerabdrücke sind auf meinem Schreibtisch. Wenn man es genau nimmt, bist du hier eingebrochen. Du bist ein kriminelles Subjekt. Wenn die Polizei dich unter die Lupe nehmen würde, kämen bestimmt noch ganz andere Dinge zum Vorschein. Aber wenn ich es recht bedenke, wäre ein Psychiater eher für dich zuständig.«

Die Antwort war ein Lachen.

Wolfgang spürte, wie er langsam die Oberhand verlor. Sein Herz schlug ihm bis zum Hals. Und er war sicher, dass das Pulsieren der Schlagader an seinem Hals auch seinem Gegenüber nicht entgangen war.

Ja, du hast mich genau erkannt, sagte dieses Lachen. Also Vorsicht!

Wolfgang fragte sich, wie er all die Jahre nur so blind hatte sein können. Wie er all die Jahre in diese Augen hatte blicken können, ohne den Wahnsinn dahinter zu erkennen.

Die Schlagader pulsierte immer heftiger. Die Haut darüber juckte und kitzelte, als hätte eine Spinne ihre Eier hineingelegt und die kleinen Biester strebten nach draußen.

Er fasste sich mit der Hand an den Hals und packte so fest zu, als wolle er sich selbst erwürgen. Es half ein wenig. Das Pulsieren wurde schwächer.

»Lass uns ein Bier zusammen trinken, Wolfgang. Danach geht es dir bestimmt besser. Was meinst du?«

»Danke. Es geht mir auch so gut. Aber noch besser ginge es mir, wenn du verschwinden würdest. Trink dein Bier, wo du willst, aber nicht hier bei mir.«

Sein Gegenüber lachte wieder. Riss dabei den Mund auf, als wolle es ihn verschlingen. Fauliger Geruch stieg Wolfgang in die Nase. Auch das war ihm früher nie aufgefallen.

Vor ein paar Tagen erst hatte er im Wartezimmer seines Zahnarztes in einem Magazin geblättert und einen Artikel über forensische Psychiatrie gelesen. Darin hatte gestanden, dass der Stoffwechsel bei geisteskranken Gewaltverbrechern nicht mehr normal funktionierte und sie deshalb oft am ganzen Körper stanken.

Er musste würgen und drehte sich weg.

Bloß keine Schwäche zeigen, sagte er sich. Bloß nicht auf den Teppich kotzen. Er wusste, dass er einen empfindlichen Magen hatte. Und dann noch diese Hitze. Er glaubte zu ersticken. Er musste jetzt so schnell würgen, als hätte er einen Schluckauf. Und egal, wie er sich auch bemühte, er bekam es nicht unter Kontrolle.

»Ist dir nicht gut, Wolfgang?« Die Stimme bediente sich eines sanften Untertons. Eines unnatürlich sanften Untertons, der so gar nicht zu dem gemeinen Gesichtsausdruck passen wollte.

So stellte sich Wolfgang die Stimme der Schlange vor, die Eva verführt hatte. *Da sprach Gott der Herr zu der Schlange: Weil du das getan hast, seiest du verflucht und verstoßen. Auf deinem Bauche sollst du kriechen und Erde fressen dein Leben lang.*

Du Arschloch, fügte er in Gedanken hinzu. Dann ging es ihm besser. Das Würgen hatte nachgelassen.

Er steckte seine Hände betont lässig in die Taschen seiner Shorts und ging in Richtung Keller, wobei er sich bemühte, seinen Gang locker wirken zu lassen. »Ich habe noch zu tun. Die Dachbalken über dem Balkon streichen sich nicht von alleine. Wenn ich zurück bin, bist du verschwunden. Kapiert?«

Die Uhr neben der Gästetoilette zeigte halb drei. Glutofenhitze! Und er wollte die Balken streichen! Sylvia würde denken, dass er den Verstand verloren hatte. Aber irgendetwas musste er tun. Musste zeigen, dass er sich nicht beeindrucken ließ. Er würde jetzt in den Keller gehen, die Leiter holen, den Pinsel und einen Farbeimer und was er sonst noch brauchte.

Er war ein schlechter Handwerker. Er hatte auch überhaupt keinen Spaß an handwerklichem Tun. Aber als Hausbesitzer musste er hin und wieder selber Hand anlegen. Seine Frau Sylvia schien es zu erwarten. Wenn es nach ihm gegangen wäre, hätte er einen Fachmann bestellt, aber er wollte ihre Illusion von einem echten Mannsbild nicht zerstören.

»Du bist verschwunden, wenn ich wieder aus dem Keller zurück bin! Kapiert?«, wiederholte er und öffnete die Kellertür.

Er knipste das Licht an und ging die Treppe hinunter. Stufe um Stufe wurde es kühler und angenehmer, und er bedauerte, nicht im Keller verweilen zu können, sondern auf dem heißen Balkon streichen zu müssen. Aber er hatte es sich nun einmal vorgenommen und wollte es auch durchführen.

Geh nur in den Keller, Wolfgang. Mir entkommst du nicht.

Der Eindringling lächelte gemein und warf einen Blick ins Wohnzimmer, auf die gemütliche Sitzgarnitur aus beigefarbenem Cordsamt, den Wohnzimmerschrank, die Glasvitrine mit dem Meißener Porzellan. Sein Blick streifte das Sideboard, auf dem eine Ansammlung gerahmter Fotos stand.

Das interessierte ihn. Er ging hinüber und sah sie sich genauer an.

Sylvia und Wolfgang bei ihrer Hochzeit. Sylvia und Wolfgang im Kirchenchor »St. Cäcilia«. Er links bei den Tenören, sie rechts bei den Sopranistinnen. Sylvia und Wolfgang bei der Kappensitzung in der Pirminiushalle. Sie verkleidet als Bas Stollebett und er als Permes, die dunkle Gestalt des Waldes.

Der Eindringling knirschte mit den Zähnen, ballte die Fäuste und sah sich im Zimmer um, bereit zuzuschlagen. Irgendetwas zu zerstören. Doch dann fiel ihm sein eigentliches Vorhaben wieder ein. Das Problem hieß Wolfgang.

Er ging zurück in die Diele.

Im Keller hörte er Wolfgang hantieren. Dann krachte es, und es hörte sich an, als wäre der Werkzeugkasten auf den Boden gefallen. Wolfgang fluchte.

Der Eindringling schlich die Treppe hoch in den ersten Stock, vorbei an der Badezimmertür und vorbei an der Tür des Gästezimmers. Die Tür zum Schlafzimmer öffnete er und ging hinein.

Die Bettdecken lagen aufgeschlagen auf dem Doppelbett. Für einen Moment sah er zwei nackte Körper in zerwühlten Laken. Er verdrängte das Bild und versteckte sich hinter der Schlafzimmertür.

Dort blieb er regungslos stehen und wartete. Wartete und genoss die Aussicht auf das, was er als Nächstes machen würde. Die Vorstellung, und er sparte nicht an Details, bereitete ihm eine kribbelnde Vorfreude.

Bald schon. Bald schon wäre es soweit, und er würde dem Permes ebenfalls ein Opfer darbringen.

-VII-

Karlsruhe, 6.August 2003

Birgit Altpeter saß auf ihrem Bett und starrte vor sich hin. Sie hatte wieder das Gefühl, als beobachte sie sich selbst durch eine dicke Milchglasscheibe. Die Gestalt, die sie beobachtete, war nur schemenhaft zu erkennen. Aber es war sie. Eindeutig.

Wer sollte es auch sonst sein. In ihrem Universum gab es sonst keinen Menschen. Der einzige Mensch, den sie begehrte und unbedingt haben wollte, ließ sich nicht hinter die Milchglasscheibe ziehen, so sehr sie es auch immer wieder versucht hatte.

Ihr Bett war seit Wochen nicht gemacht, geschweige denn frisch überzogen worden. Kleider- und Wäscheberge türmten sich auf dem Sessel und der Spiegelkommode. Nur noch ein schmaler Gang führte zum Wohnzimmer, wo weitere Kleidung und Unrat die Couch, den Esstisch und die Stühle bedeckten und sich Zeitungen und Zeitschriften bis unter die Decke stapelten.

In der Küche stand auf der Spüle, auf dem Herd und auf der Anrichte schmutziges Geschirr. Auf dem Tisch lagen versteinerte Brotrinden und stapelten sich die Teller mit eingetrockneten Soßen und Tassen mit verschiedenfarbigen Resten. Der Boden war übersät mit Abfall in blauen Plastiksäcken, die nie hinausgetragen worden waren, leeren Dosen, leeren Kartons und leeren Flaschen. Und überall krabbelte und surrte es von Ungeziefer.

Das äußere Chaos entsprach ihrem wahren Innenleben. Es war ganz allmählich über sie gekommen, immer unüberschaubarer geworden, bis es schließlich nicht mehr zu bewältigen gewesen war.

Jetzt hatte Birgit keine Kraft mehr. Weder zum Aufräumen noch zum Wegwerfen. Ihr bisschen Energie reichte gerade aus, um sich am Leben zu erhalten und nach außen hin den Schein zu wahren.

Manchmal kam es ihr so vor, als sei sie total fremdbestimmt und ferngesteuert.

Als Kind in Bierbach hatte sie den Permes dafür verantwortlich gemacht. Seine Macht, glaubte sie damals, reiche bis ins Dorf, und er könne nach Belieben von einem Menschen Besitz ergreifen.

Mit sechzehn musste sie mit ihren Eltern nach Karlsruhe ziehen. Die fremde Macht beherrschte sie auch dort, aber sie konnte sie nicht mehr dem Permes zuordnen, oder doch? Hatte er sie bis hierher verfolgt?

Wenn jemand den Schweinestall im zweiten Stock in der Alleestraße 17 in Karlsruhe betreten hätte, hätte er es nicht fassen können, dass dies die Wohnung der adretten, unauffälligen Studienrätin Birgit Altpeter sein sollte.

Die eine war die Studienrätin draußen in der Welt, die andere war ...? Sie wusste es nicht. Wusste nur, dass sie existierte.

Das Telefon klingelte. Einmal. Zweimal. Dreimal.

Geh ran, sagte die Stimme, die in ihrem Kopf hauste und manchmal auch wütete. Sie stand auf, ging ins Wohnzimmer und ortete das Telefon unter einem Berg unkorrigierter Schulhefte. Sie nahm den Hörer ab und meldete sich.

»Birgit! Gott sei Dank erreiche ich dich.«

»Sylvia!« Sylvia war Wolfgangs Frau. Seit fünfzehn Jahren, drei Monaten und sieben Tagen.

»Was ist denn los?«, wunderte sich Birgit. Sie fuhr jede Woche mindestens einmal nach Bierbach, um die beiden (eigentlich aber nur Wolfgang) zu besuchen oder eine ihrer Tanten, zu denen sie als Kind immer geflüchtet war, wenn ihr Vater betrunken in ihr Zimmer getorkelt war, die Hose offen.

Hatte sie das gerade laut gesagt? Sie schlug sich auf den Mund.

»Wolfgang ist von der Leiter gestürzt und liegt im Koma ...«

»Ach du lieber Gott.«

»... in der Uni-Klinik in Homburg. Auf der Intensivstation. Die behandelnden Ärzte sagen, dass er es vielleicht nicht schafft.«

»Was sagst du da?«

»Er wollte die Balken ...« Ein Weinkrampf schüttelte Sylvia.

Birgit schwieg. Sie saß da wie betäubt, hielt den Telefonhörer ans Ohr gepresst, aber sie verstand nichts. Schaute stattdessen zur Uhr.

Es war halb zwölf in der Nacht, und ihre Welt drohte zu zerbersten. Wolfgang lag im Koma. Das bedeutete, dass er immerhin noch am Leben war.

Koma. Wie ein Nachrichtenticker zog dieses Wort durch ihr Gehirn. Koma, Koma, Koma. So lange und so dicht hintereinander zog es vorbei, bis es für sie seine Bedeutung verlor und fast albern klang.

»Im Koma liegt er?«

»Vielleicht stirbt er auch. Ach Birgit, es ist alles so furchtbar«, schluchzte Sylvia.

Eisige Kälte überfiel Birgit. Sie kroch langsam von außen nach innen. Begann in den Fingerspitzen und breitete sich über ihren ganzen Körper aus. Diese Kälte, dachte sie, hat ein Leben lang auf eine Nachricht wie diese gewartet. Wolfgang könnte sterben!

Seit sie denken konnte, hatte sie sich vor einer Welt ohne Wolfgang gefürchtet. Vor einer Welt, in der ihre Liebe und ihre Sehnsucht umherirren müssten wie verwirrte Alzheimer-Patienten, die ihr Zuhause nicht mehr finden können oder gar nicht mehr wissen, dass sie eines haben.

Sylvia sprach weiter. Immer wieder unterbrochen von hemmungslosen Schluchzern.

Wolfgangs Unfall war nachmittags gegen drei passiert. In ihrem Haus in der Bühlstraße. Er hatte auf dem Balkon auf einer Leiter gestanden. Direkt neben der Brüstung.

»Auf dem Balkon auf einer Leiter? Wieso das denn?«

»Er wollte die Dachbalken streichen. Bei fast 40 Grad im Schatten. Vielleicht ist ihm schwindelig geworden, er bekam Übergewicht und stürzte über die Brüstung auf die Terrasse.«

Auf die Terrasse, von der aus man einen weiten Blick über die Bliesaue hatte. Auf die Terrasse, auf der sie Wolfgang gebeichtet hatte, was sie für ihn empfand. In der Küche hatte zur selben Zeit Sylvia gestanden und von alledem nichts geahnt. Hatte den beiden sogar durch das Fenster fröhlich zugewinkt.

»Ich weiß, Birgit, aber ich bin verheiratet. Glücklich verheiratet«, hatte Wolfgang geantwortet und war ihrem Blick ausgewichen. Dann hatte er seinen Stuhl zurückgeschoben und war aufgesprungen, als wolle er flüchten. Und sie war sicher, dass er nicht vor ihr flüchten wollte, sondern vor Sylvia.

»Aber du und ich, Wolfgang. Erinnerst du dich denn nicht mehr daran?«, hatte sie darauf erwidert.

»Meine Güte, Birgit! Damals waren wir doch noch Kinder.« Dabei hatte seine Stimme ärgerlich geklungen.

Sylvias Stimme drang wieder in ihr Bewusstsein, holte sie in die Gegenwart zurück. »Die Schmerzen, die er haben muss. Ich darf gar nicht daran denken. Und es ist ausgerechnet heute passiert, als ich nicht zu Hause war. Wenn ich ihn gleich gefunden hätte …«

»Wo warst du denn?«

Sylvia schien einen Moment zu stutzen. Hatte sie bemerkt, dass in der Stimme ihrer alten Freundin ein Vorwurf mitklang?

»Wäre ich doch nur vom Einkaufen im *Globus* gleich heimgefahren, statt noch bei Margot vorbeizuschauen.«

Birgit hätte beinahe aufgelacht. Margot wohnte schräg gegenüber von Sylvia und Wolfgang in der Bühlstraße.

»Wie schwer sind denn seine Verletzungen?«

»Weil er so spät gefunden wurde, hat er unheimlich viel Blut verloren. Und im Krankenhaus haben die Ärzte einen Schädelbasisbruch festgestellt, und die Wirbelsäule ist angebrochen. Und zwei gebrochene Rippen haben die Lunge durchbohrt.« Sylvias Stimme wurde mit jedem Wort leiser, als könne sie das Gesagte selbst kaum fassen.

»Du meine Güte, das hört sich ja furchtbar an. Es tut mir so Leid, Sylvia.«

»Ach, Birgit! Ich bin so froh, dass ich dich erreicht habe. Ich habe mit jemandem reden müssen, der so vernünftig ist wie du. Kannst du nicht kommen? Es sind doch Ferien. Oder willst du wegfahren?«

»Ich bin gerade heute von einem Kurzurlaub aus der Lüneburger Heide zurückgekommen. Ich fahre sofort los. In knapp eineinhalb Stunden kann ich bei dir sein«, hörte sich Birgit antworten.

»Ist es nicht schon zu spät? Das kann ich doch nicht von dir verlangen, Birgit. Es reicht auch morgen noch.«

»In eineinhalb Stunden«, wiederholte Birgit, legte auf und zündete sich eine Zigarette an. Die erste an diesem Tag. Sie inhalierte tief und spürte, wie sich ihr Körper langsam wieder erwärmte und der Stress nachließ. Was für eine Nachricht!

Sie ging zurück ins Schlafzimmer, wo ihre Reisetasche noch unausgepackt zwischen Bett und Schrank stand, öffnete den Reißverschluss und schüttete den Inhalt auf den Boden.

An ihrer Wanderkluft hafteten noch ein wenig Heidekraut und der Geruch der Heidschnucken.

Als Kinder hatten Wolfgang und sie mit ihren Eltern dort regelmäßig die Ferien verbracht. Und für sie war das immer die schönste Zeit des Jahres gewesen, wenn Wolfgang und sie drei Wochen lang ununterbrochen zusammen sein konnten.

Nicht, dass sie in Bierbach öfter getrennt gewesen wären als unbedingt notwendig. Aber in der Ferienzeit durften sie auch zusammen im selben Zimmer schlafen. Weil sie noch Kinder waren. Und unschuldig. Und Begehren nur eine dunkle Ahnung war.

In der Heide waren sie Tag und Nacht beieinander, ohne Alfred, Margot, Jessica und Günter. Die Störenfriede, die sich immer zwischen Wolfgang und sie gedrängt hatten. Wären sie nicht gewesen, wäre Wolfgang ihr Mann geworden. Aber sie hatten es verhindert. Mit allen Tricks.

Warum hatte der Permes damals nicht ihren Wunsch erfüllt und die vier getötet? So oft hatte sie darum gebeten. Aber nie war etwas geschehen.

Die vier waren an allem schuld. Auch daran, dass Wolfgang jetzt so schwer verletzt war. Das wäre nicht passiert, wäre er ihr Mann geworden, so, wie es hätte sein sollen. So, wie sie es sich als Kinder geschworen hatten. Hinter der Waldschenke beim Spielplatz. Beim Permes hatten sie es sich sogar geschworen. Und den Permes betrügt man nicht.

»Wolfgang«, flüsterte sie, und dann wurde ihre Stimme immer lauter, bis sie schließlich schrie. »Wolfgang! Wolfgang!«

Bald schrie sie seinen Namen so oft und so laut, dass die Nachbarn aus der Wohnung über ihr mit dem Besenstiel auf den Boden stampften.

-VIII-

Auf der A 6, 12. August 2003

Auf der Autobahn. Im Stau. Am Mannheimer Kreuz.

Im Radio sang Robbie Williams *Eternity*. Ansonsten Gluthitze. Ihr Kreuz tat weh von der langen Sitzerei in der immer gleichen Haltung.

Apropos Kreuz. Sie war ja selbst dran schuld. Warum musste sie auch gleich losfahren, wenn der Herr Pfarrer anrief. Ein paar Stunden später hätte es auch noch gereicht und es wären weniger LKW unterwegs gewesen. Und ein paar Grad weniger wären auch angenehmer gewesen.

Jessica nahm ihre Baseballkappe vom Kopf und fuhr sich durch ihre rotblonden Locken. Das Schweißband der Kappe war feucht wie ihre Stirn. Sie liebte es, im Cabrio zu fahren, mit dem Wind in den Haaren, aber bei der stechenden Sonne wäre es ohne Kopfbedeckung mörderisch gewesen.

Sie fächerte sich mit der Kappe ein wenig kühle Luft zu. Das kleine Mädchen aus dem Wagen vor ihr lachte und winkte ihr zu. Sie lächelte, winkte zurück und setzte die Kappe wieder auf.

Die Kleine hatte blonde Haare, die zu einem Pferdeschwanz zusammengebunden waren, der immer fröhlich hin und her wippte, wenn sie sich von Jessica abwandte, um ihren Eltern vorne etwas mitzuteilen.

Jessicas Gedanken wollten auf Wanderschaft gehen. Räumlich vorauseilen nach Bierbach, und zeitlich um viele Jahre zurück. Doch sie neigte dazu, Sentimentalitäten zu unterdrücken. Wenn sie ehrlich war, wünschte sie sich nichts mehr, als zu Hause zu sein. In dem Loft in Stuttgart, das zwei zu eins aufgeteilt war in das Architekturbüro Jessica Lück + Moritz Scheufele und ihre Wohnung.

Seit dem Verlassen des Büros hatte sie nicht richtig abschalten können, weil sich die Arbeit auf ihrem Schreibtisch stapelte.

Lück + Scheufele hatte an einer Ausschreibung für ein zehnstöckiges Verwaltungsgebäude der *Chase Manhattan Bank*, das am

Stuttgarter Hauptbahnhof entstehen sollte, teilgenommen, und die Jury hatte ihrem Projekt aus Stahl und Glas den ersten Preis zugesprochen. Und sie hatten nicht nur den ersten Preis gemacht, sondern auch den Zuschlag bekommen, was selten genug war (meistens wurde der zweite oder dritte Preis realisiert). Das bedeutete neben der Ehre auch einen Haufen Arbeit.

Jessica hatte in Berlin, Stuttgart und Chicago studiert und sich auf Entwurf und Modellbau spezialisiert. Ihr Partner, Moritz Scheufele, der mit ihr in Berlin zusammen studiert hatte, kümmerte sich um die Ausführung und die Bauleitung. Zum Team gehörten eine Sekretärin, eine Buchhalterin und, je nach Arbeitsanfall, zwei weitere Architekten.

Der Stau schien sich nicht auflösen zu wollen. Ab und zu bewegte sich die Autokolonne ein paar Meter vor, dann kam sie wieder zum Stillstand. Alle paar Minuten hupte irgendein frustrierter Fahrer. *Dichtes Verkehrsaufkommen* nannte dies der Radiosprecher vom SWR 1.

Jessica ärgerte sich. Über den Verkehr. Über den Schwätzer im Radio. Und über die nicht enden wollende Hitze.

Jetzt fuhr sie also nach Bierbach. Seit zwanzig Jahren war sie nicht mehr dort gewesen. Falsch. Seit fünfzehn. Das letzte Mal zur Hochzeit von Sylvia und Wolfgang. Aber nur ein paar Stunden. Zur Trauung und zur Feier.

Getraut hatte sie der damalige Bierbacher Pfarrer Laval. Ihre Trauzeugen waren natürlich zwei von den *Sechs Unzertrennlichen* gewesen, nämlich Alfred und sie.

Sie hatten im Nebenzimmer des *Lindenhof* in der Hauptstraße gefeiert, der traditionsreichsten Wirtschaft in Bierbach. Es hatte ein üppiges Hochzeitsmahl und Elsässer Riesling gegeben. Und Wolfgangs Onkel Willi, der Vorsitzende des Obst- und Gartenbauvereins, hatte eine Zweiliterflasche Selbstgebrannten spendiert. Zum Tanz hatten die *Sunshine Boys* aufgespielt, eine damals sehr populäre Band, die auch bei der Kirmes und den Faschingsbällen in Bierbach und Umgebung auftraten. Und so weit es Jessica bekannt war, war es eine glückliche Ehe geworden.

Wolfgang hatte Sylvia, die ursprünglich aus Blickweiler stammte, am Arbeitsplatz kennen gelernt, sie und Wolfgang waren Arbeitskollegen bei der Volksbank Blieskastel gewesen.

Jessica sah ihn plötzlich vor sich, in seinem neuen schwarzen

Anzug, den er am Vortag mit Alfred zusammen bei Hägin in Homburg gekauft hatte. Und jetzt fuhr sie zu seiner Beerdigung. Sie hatte einen Kloß im Hals. Jessica schaltete das Radio aus.

Wenn ein Freund aus Kindertagen stirbt, stirbt auch ein Stück der eigenen Kindheit mit, hieß es. Und das war kein dummes Geschwätz und war auch nicht …

Hör auf zu philosophieren, dachte sie. Es tut einfach verdammt weh.

Über den Sinn des Lebens würde sie mit Alfred diskutieren. Dafür war ein katholischer Priester bestens geeignet. Und sie hatte einen zum Freund.

Sie hatte nie verstanden, wieso Alfred Pfarrer geworden war, und nicht ein Gelehrter für alte Sprachen oder Archäologie – *irgendetwas*, das mit altem Zeug zu tun hatte. In ihrer Vorstellung saß er in einer düsteren Bibliothek, vor sich einen in Leder gebundenen Folianten, den Staub der Jahrhunderte wegpustend und andächtig die Seiten umschlagend. Das hätte zu ihm gepasst. Aber Pfarrer?

Kam er sich nicht ein wenig albern vor, die jungfräuliche Empfängnis von der Kanzel herab zu verkünden? Oder die Geschichte vom geteilten Roten Meer, durch das Moses sein Volk geführt haben soll? Oder die Mär von Jesus, der auf dem Wasser ging?

Mit der Nummer hätte er im Zirkus Maximus in Rom auftreten und eine Menge Silberlinge machen können.

Für Jessica war das angebliche Wasser nur eine Luftspiegelung in der Wüste. Ein Phänomen, das mittlerweile allgemein bekannt war.

Aber vielleicht tat sie Alfred ja Unrecht, und er legte mehr Phantasie und modere Interpretation in seine Predigten als die alten Pfarrer, die sie noch kannte. Und möglicherweise war Alfreds Großvater an der Berufswahl seines Enkels nicht ganz unschuldig. Der alte Bubel Julius mit seinem Geschwätz vom Bösen in der Welt und speziell im Bierbacher Wald und seine bei jeder Gelegenheit ausgestoßene Warnung vor dem Permes!

Ihr Großvater, der Lück Johann, und der Lenhard Max hatten ebenfalls sonderbare Vorstellungen, was das Böse anbelangte. Doch so weit wie der alte Bubel Julius waren sie nie gegangen. Und Jessicas Mutter hatte die düsteren Warnungen der drei immer auf irgendwelche traumatischen Kriegserlebnisse geschoben.

Jessica glaubte nicht, dass das Böse als freie Kraft existierte. Ebenso wenig wie das Gute. Es gab keinen Gott, keinen Teufel und auch keinen Permes. Für sie gab es nur das real Existierende, was man sehen, hören, anfassen und riechen konnte. Die Begriffe Gut und Böse hielt sie für eine menschliche Erfindung, wie auch die Kirchen und ihre angeblich heiligen Bücher. Nichts da mit Gottes Wort, das er ausgesuchten Chronisten eingeflüstert haben soll!

Das Alte Testament, das Neue Testament und der Koran waren von Menschen geschrieben worden, die unter den Bedingungen und den Eindrücken ihrer Zeit gelebt hatten. Sie hatten das, was sie aufschrieben, für Gottes Wort gehalten, aber das war es nach Jessicas Überzeugung nicht. Vielleicht hatten sie Halluzinationen als göttliche Eingebungen gedeutet. In der Hitze wäre das nicht verwunderlich gewesen. Kamen doch alle drei Buchreligionen letztendlich aus der Wüste, wo es extrem heiß war und Trugbilder zum Alltag gehörten. Oder konnte man sich etwa den brennenden Dornbusch, der sogar reden konnte (wie die Saftflaschen in der Punika-Werbung) in Deutschland, Schweden oder Norwegen vorstellen?

Historisch betrachtet hatte die Bibel als wichtiges Zeitdokument und als Sammlung alter Überlieferungen und Mythen sicher ihre Berechtigung. Aber für Jessica war geschichtliches Interesse das eine und Religiosität das andere.

Sie war konsequent. Sie gehörte keiner Religion an. Was sie in diesem Zusammenhang irritierte, waren Leute, die sich besonders fortschrittlich gaben, indem sie sich von den traditionellen christlichen Religionen abwandten, sie gar ins Lächerliche zogen, um sich jederzeit kritiklos und voller Respekt allerlei fremden Religionen zuzuwenden.

Jessica war zwar auch katholisch getauft, würde sich aber von Alfred nicht dazu überreden lassen, die Heilige Messe zu besuchen. Die Predigten anlässlich der Beerdigung, ja. Aber sonst nichts. Davon abgesehen, hatte sie sowieso nicht vor, länger zu bleiben.

Der Verkehr war jetzt endgültig zum Stillstand gekommen. Jessica stelle den Motor ab und nahm ihren Zeichenblock und einen Bleistift aus ihrer Tasche, die auf dem Beifahrersitz stand, um die Wartezeit sinnvoll zu nutzen.

Sie hatte gerade zwei diagonale Striche zu Papier gebracht, als ihr Handy klingelte. Sie griff noch einmal in die Tasche, nahm es zur Hand und meldete sich.

»Jessi?«

Sie erkannte die Stimme sofort. Sah blonde Haare vor sich. Blaue Augen. »Hallo, Margot.«

»Hallo, Jessi. Schön, deine Stimme zu hören. Wie geht es dir?«

»Gut. Das heißt, nicht gut. Ich bin natürlich traurig, dass Wolfgang tot ist.«

»Das sind wir alle. Und dabei erschien es zunächst, als hätte er sich wieder erholt von seinem Sturz. Hat Alfred dich angerufen oder Sylvia?«

»Alfred. Das hättest du mich aber auch später fragen können. Ich bin nämlich auf dem Weg nach Bierbach. Aber das weißt du bestimmt auch schon.« Jessica tastete nach der Zigarettenschachtel, schüttelte eine heraus, steckte sie mit fahrigen Fingern zwischen die Lippen und zündete sie an.

»Deswegen rufe ich ja an. Ich habe deine Nummer von ihm bekommen.«

»Wieso willst du denn jetzt mit mir reden?«, fragte Jessica unwirsch zurück.

»Jessica! Wir haben uns seit zwanzig Jahren nicht mehr gesehen.«

»Du irrst dich. Seit fünfzehn.«

»Das weißt du noch so genau?« Jessica glaubte ein Lächeln in Margots Stimme zu hören.

»Ich habe gerade nachgerechnet.« Jessica überkam ein leichtes Schwindelgefühl. Sie drückte die Zigarette im Aschenbecher aus und nahm den Bleistift wieder auf.

»Aber da warst du nur für ein paar Stunden hier. Ich meine, richtig hier warst du zuletzt vor zwanzig Jahren.« Margot machte eine kleine Pause. »Ich habe mich so gefreut, als ich gehört habe, dass du kommst. Wenn auch der Anlass traurig ist. Weißt du schon, wo du wohnen wirst? Also, bei mir steht noch ein Bett leer.«

Der Bleistift zitterte leicht in Jessicas Hand. »Alfred hat mir im *Hotel zur Post* in Blieskastel ein Zimmer reservieren lassen. Ich bleibe nur eine Nacht. Morgen, gleich nach Wolfgangs Beerdigung, muss ich wieder zurück nach Stuttgart fahren.«

»Du hast es ja eilig, wieder wegzukommen.« Margots Stimme klang enttäuscht.

»Ich habe jede Menge zu tun.«

»Das hast du schon seit zwanzig Jahren, Jessi. Aber ich muss sagen, du hast es auch weit gebracht.«

»Danke. Du doch hoffentlich auch.«

Margot lachte freudlos auf. »Zu einer geschiedenen Ehe. Zu mehr hat es bei mir nicht gereicht.«

»Dumm gelaufen.«

»Du hast dich kein bisschen verändert.«

»Wie meinst du das?«, fragte Jessica.

»Du bist noch genauso charmant wie damals«, antwortete Margot, diesmal mit einem deutlichen Lächeln in der Stimme.

»Also dann bis morgen bei der Beerdigung.« Jessica wollte das Gespräch beenden. Margot hatte Recht. Sie hatte sich nicht geändert. Nichts hatte sich geändert.

In dem VW-Kombi hinter ihr begann ein vor Hitze durchgeknallter Fahrer non-stopp auf die Hupe zu drücken und fand sofort Nachahmer.

»Hast du noch etwas gesagt? Ich verstehe dich nicht!«, schrie Jessica ins Handy.

»Ich dachte, heute Abend schon. Ich hatte gehofft, dass wir uns heute Abend schon sehen könnten. Wir könnten zusammen essen, wenn du willst, ein bisschen von alten Zeiten reden. Sind Leberknödel immer noch dein Lieblingsgericht?«, schrie Margot in den Hörer.

Das Hupkonzert verstummte so plötzlich, wie es begonnen hatte.

Nein, verdammt noch mal nein, dachte Jessica. »Nein!«, antwortete Jessica und schüttelte sich. »Verschone mich! Leberknödel sind schon lange nicht mehr mein Lieblingsgericht. Ich darf gar nicht daran denken, bei der Hitze!«

»Entschuldige, dass ich aufmerksam sein wollte«, erwiderte Margot pikiert.

»Schon gut. Ich entschuldige mich ja auch nicht dafür, dass ich immer sehr direkt bin. Das ist meine Art.«

»Das stimmt doch gar nicht, Jessi. Deine Art ist es, dich unklar auszudrücken. Dich zurückzuziehen, wenn es dir unangenehm wird. Du bist dein Leben lang schon auf der Flucht. Und ab und zu bist du auch gern verletzend, so wie jetzt.«

»Du kennst mich überhaupt nicht mehr, Margot.«

»Beantworte mir noch eine Frage, Jessi.«

»Ja, aber mach schnell, sonst ist mein Akku leer.«

»Warum bist du damals nicht zu meiner Hochzeit gekommen?«

»Vielleicht war ich gerade pleite, schließlich habe ich damals noch studiert.«

»Zu Wolfgangs Hochzeit bist du doch auch gekommen.«

»Was soll denn die Fragerei? Außerdem muss ich die Leitung freihalten, ich erwarte einen wichtigen Anruf.«

»Was hast du eigentlich gegen mich? Wir waren doch früher ...«

Die Kleine aus dem Wagen vor ihr winkte wieder. Jessica winkte zurück.

»... die besten Freundinnen.«

Die Kleine winkte immer noch. Sie sah aus wie Margot in der zweiten Klasse.

»Nichts, Margot.«

Es klickte. Margot hatte aufgelegt.

Jessica schaltete das Handy aus und warf es wütend auf den Beifahrersitz. Ihr Herz klopfte wild.

Sie steckte den Bleistift in die Spirale ihres Zeichenblocks und sah sich an, was sie während des Telefonats gezeichnet hatte. Ein Gesicht. Margots Gesicht.

So hat sie mich damals angesehen, als ich ihr sagte, dass ich nach Berlin gehe, dachte Jessica.

»Warum nach Berlin?«, hatte Margot gefragt.

»Weil ich dort Architektur studieren will«, hatte sie geantwortet, und ›weil du dich verliebt und von Heirat gesprochen hast‹, in Gedanken hinzugefügt. Dann hatte sie sich umgedreht und war gegangen. Für immer.

Und Margot war in Bierbach zurückgeblieben und hatte Rolf Hilbig aus Landsweiler-Reden geheiratet, einen Beamten vom Blieskasteler Einwohnermeldeamt.

Danach waren sie sich noch einmal kurz auf Sylvias und Wolfgangs Hochzeit begegnet, hatten aber nur Belanglosigkeiten ausgetauscht. Jessica hatte sich auf der Feier vorwiegend gerade an dem Platz aufgehalten, an dem Margot nicht war.

Was hatte Margot eben gesagt? Es stimmte. Sie, Jessica, war immer auf der Flucht.

Sie steckte sich eine neue Zigarette an und tat einen tiefen Zug. Bei der nächsten Ausfahrt würde sie die Autobahn verlassen und wieder zurück nach Stuttgart fahren. Wolfgang würde auch ohne sie unter die Erde kommen. Warum sollte sie sich das antun? Sie würde sich von niemandem aus der Bahn werfen lassen. Sie hatte es sich in ihrem Leben gerade so schön eingerichtet. Sie würde dieses Kaff nie mehr betreten. Ihr Leben lang hatte sie nur nach vorne geschaut. Nie zurück. Bierbach gehörte zu ihrer Vergangenheit.

Sie nahm ihr Handy wieder auf und wählte.

»Pfarrbüro Herz-Jesu. Westphal.«

»Lück. Guten Tag, Frau Westphal, würden Sie dem Herrn Pfarrer etwas von mir ausrichten? Sagen Sie ihm bitte, dass ich nicht zur Beerdigung kommen kann. Mir ist leider etwas dazwischengekommen.«

»Einen Moment, Frau Lück, er kommt gerade herein.«

Jessica hörte, wie im Pfarrbüro eine Tür geöffnet wurde, die quietschend um ein paar Tropfen Öl bettelte. Im Vatikan horten sie die Reichtümer, aber haben kein Geld für ein Kännchen Öl fürs Pfarrbüro in Bierbach übrig, dachte Jessica. Bestimmt tippte Daniela Westphal noch auf einer alten Olympia-Schreibmaschine.

Der Hörer wurde weitergereicht.

»Jessica?« Alfreds Stimme hörte sich müde an, als koste ihn jeder einzelne Buchstabe ihres Namens unendlich viel Kraft.

»Alfred. Ihr müsst Wolfgang ohne mich beerdigen. Ich kann leider nicht kommen.«

»Jessica!«, sagte er noch einmal, und dieses Mal klang seine Stimme verzweifelt.

»Was ist denn los?« Beunruhigt setzte sich Jessica auf und presste das Handy fester ans Ohr. Und dann war sie sich nicht sicher, ob er seufzte oder stöhnte.

»Günter ist verschwunden«, antwortete er.

»Verschwunden? Was soll das heißen, verschwunden?«

»Er ist vor zwei Tagen allein in den Pirmannswald gegangen und ist nicht mehr zurückgekommen. Du erinnerst dich, Jessica.« Er holte tief Luft. »›Gehn nie alleen in de Wald, sonscht holt euch de Permes!‹« Seine Stimme war zu einem Flüstern geworden.

»Das ist nicht dein Ernst, Alfred. Du willst mir doch nicht weismachen, dass du heute noch etwas auf die Warnung der drei alten Männer vor dem Permes gibst.« Sie versuchte, rational zu klingen, aber irgendetwas schnürte ihr die Kehle zu. Ein lange erfolgreich verdrängtes Bild aus ihrer Kindheit drang plötzlich für Sekunden mit brutaler Gewalt in ihr Bewusstsein und ließ sie vor Entsetzen erschaudern. Bevor sie es richtig zu fassen bekam, war der Spuk schon wieder vorbei.

»Doch, Jessica. Und frage mich nicht, woher ich das weiß. Du musst kommen. Ich brauche dich. Irgendetwas stimmt nicht mehr in Bierbach.«

-IX-

Bierbach, 13. August 2003

Wolfgang war jetzt schon seit vier Stunden unter der Erde. Die Trauerfeier, unter Anteilnahme der gesamten Dorfgemeinschaft, war feierlich und sehr ergreifend gewesen.

Der Kirchenchor, in dem Wolfgang Mitglied gewesen war, hatte *Es ist vollbracht* gesungen. Seine Kameraden von der Freiwilligen Feuerwehr hatten in ihren Ausgehuniformen Spalier gestanden, als sein Sarg von der Aussegnungshalle zum offenen Grab getragen wurde. Und Alfred hatte man bei jedem Wort angemerkt, wie sehr er vom Tod seines Freundes betroffen war.

Höre mein Gebet, Herr, und vernimm mein Schreien, schweige nicht zu meinen Tränen.

Einer hatte gefehlt in der Gemeinde der Trauernden. Günter Strobel war noch immer nicht aufgetaucht. Grüppchenweise hatten die Leute nach der Beerdigung beieinander gestanden, hatten spekuliert und gerätselt. Doch statt von der dunklen Angst, die Alfred hinsichtlich des Verschwindens bewegte, gingen die Bierbacher von einer neuzeitlicheren Version aus. Es gingen sogar Gerüchte um, die Günter Schuld an Wolfgangs Tod gaben.

Jessica und Alfred saßen hinterher noch bei Sylvia am großen Esstisch beieinander. Außer ihnen waren noch Margot und Birgit anwesend sowie Sylvias Mutter, ihr Bruder mit seiner Frau und den beiden Kindern. Allen stand neben der Trauer noch immer die Fassungslosigkeit und das Nichtbegreifenkönnen in den Gesichtern.

»Ich bin froh, dass Wolfgangs Eltern das nicht mehr erleben mussten«, sagte Sylvia.

Die andern nickten.

Aber was war mit Günter geschehen?

Seine Frau Hannelore hatte Margot erzählt, dass Günter an dem Tag, an dem er von Wolfgangs Tod erfahren hatte, in den Wald gegangen war, wo er eine Weile allein um seinen Freund trauern wollte. Als er um Mitternacht noch immer nicht zurück gewesen war, hatte sie die Polizei alarmiert.

»Und dann?«, fragte Jessica.

»Die Polizei hat sie vertröstet. Sie solle noch ein bisschen warten, ob er nicht von alleine zurückkäme«, sagte Margot. »Bei Erwachsenen wartet die Polizei immer ein paar Tage mit der Vermisstenmeldung. Die Männer von der Freiwilligen Feuerwehr sind dann gestern von sich aus losgezogen und haben damit angefangen, überall nach ihm zu suchen.«

»Sie haben ihn aber nicht gefunden«, sagte Alfred mit Grabesstimme, die sich für einen Moment anhörte wie die seines Großvaters.

Jessica sah ihn kurz an. Sie hatte irgendwie gehofft, dass er seine Wahnvorstellung aufgegeben hätte.

»Sie haben den ganzen Wald abgesucht, bis nach Kirkel und nach Wörschweiler«, fuhr Margot fort.

»Wer hat ihn denn als letztes gesehen?«, fragte Jessica.

»Hannelore.«

»Nein, das meine ich nicht, Margot. Hannelore hat ihn zu Hause gesehen. Wenn wir davon ausgehen, dass er sich über die Eckstraße ins Grohbachtal aufgemacht hat, dann könnte ihn doch auf dem Weg dorthin noch jemand gesehen haben.«

»Das stimmt«, sagte Margot und die anderen nickten.

»Wenn er ist diesen Weg gegangen ist.« Alfred spielte nachdenklich mit seiner Kuchengabel.

»Welchen denn sonst, Alfred? So ist er immer gegangen. Oder glaubst du, er ist hinter dem Haus den Steinberg hoch ins Schweitzertal?«, schaltete sich Sylvia wieder ins Gespräch ein.

»Geht das überhaupt?«, fragte Birgit, die neben Sylvia saß und tröstend den Arm um sie gelegt hatte.

»Ich weiß es nicht. Wie ihr wisst, bin ich kein großer Spaziergänger.« Alfred zog schuldbewusst seinen Bauch ein.

»Natürlich geht das«, sagte Sylvia. »Von der Alois-Matheis-Straße auf den Steinberg, dann nach rechts und nochmals nach rechts und dann bist du im Schweitzertal. Hinten bei dem kleinen Weiher. Dort machen viele Bierbacher ihren Sonntagsspaziergang. Wolfgang und ich …« Sylvia brach ab, als sei ihre Lebensenergie mit einem Knopfdruck abgestellt worden, und starrte mit leeren Augen vor sich hin.

Birgit drückte Sylvias Schulter. Ihre Schwägerin tätschelte ihr unbeholfen die Hand.

»Wann ist er losgegangen?«, fragte Jessica Margot.

»Hannelore sagte, um halb sechs. Kurz nachdem er erfahren hatte, dass Wolfgang gestorben ist.«

»Um halb sechs? Dann muss ihn jemand gesehen haben, Margot. Um diese Zeit ist es doch noch taghell.«

»Ich werde mal rumfragen«, schlug Margot vor und blickte in Gedanken versunken Jessica an, »obwohl das die Polizei heute Vormittag schon getan hat.«

»Frage ruhig nochmals bei Burgers nach. Die sind doch um diese Zeit meistens in ihrem Garten. Und Lesche Irma könnte ihn eventuell auch gesehen haben«, meinte Sylvia, die wieder aus ihrer Erstarrung erwacht war.

»Vielleicht ist er in einer Kneipe versumpft«, meinte Birgit und nahm ihren Arm von Sylvias Schulter. Sylvia zog die Schultern hoch und richtete sich auf.

»Quatsch!«, warf Margot ungehalten dazwischen und konnte sich kaum zurückhalten, auf den Tisch zu hauen.

Jessica blickte sie überrascht an.

»Günter betrinkt sich doch nicht tagelang in irgendeiner Kneipe und geht nicht zur Beerdigung seines besten Freundes. So etwas überhaupt zu denken ...«

»Sei doch nicht so empfindlich«, versuchte Birgit zu beschwichtigen. »Ich mache mir schon auch Gedanken um Günter. Aber sehr charakterfest war er gerade nicht.«

Margot sprang von ihrem Stuhl auf und wandte sich zur Tür.

Alfred, der annahm, dass jetzt seine seelsorgerischen Fähigkeiten gefragt waren, stand ebenfalls auf. Verlegen knetete er seine Hände.

»Du kannst dich wieder setzen, Alfred«, sagte Margot. »Ich will noch mal zu Hannelore gehen. Vielleicht gibt es inzwischen schon etwas Neues.«

Jessica sah überrascht zu ihr hin.

»Wenn du irgendetwas weißt, ruf mich an, Margot«, bat Sylvia.

Jessica sah Hannelore vor sich, wie sie neben ihrem Sohn vor dem offenen Grab von Wolfgang gestanden hatte.

Wie sollte Sylvia in Zukunft mit Hannelore umgehen, wenn ihre Männer tatsächlich ein so schreckliches Schicksal verbinden sollte? Wenn Günter tatsächlich Schuld hätte an Wolfgangs Tod, wäre ein ungezwungenes Miteinander der beiden nicht mehr möglich. Sie könnten nicht mehr zusammen beim Bäcker stehen oder in der Metzgerei und plaudern und lachen. Und wie würden sich die anderen Bierbacher ihnen gegenüber verhalten? Gäbe es zwei Fraktionen: die »Günter ist unschuldig«-Fraktion und die »Wenn ihr ihn findet, hängt ihn an den nächsten Baum«-Fraktion? Oder würde betretenes Schweigen ausbrechen, sobald die beiden in Bierbach ein Geschäft beträten?

»Natürlich rufe ich dich an«, hörte sie Margot sagen. »Und morgen komme ich auch noch mal bei dir vorbei. Soll ich dir was mitbringen?«

»Danke, Margot, das ist nicht nötig. Aber ich freue mich, wenn du kommst«, antwortete Sylvia.

»Ich habe es ja nicht weit. Nur über die Straße rüber.«

Margot umarmte Sylvia. Gab Sylvias Mutter, Bruder und Schwägerin die Hand. Den anderen nickte sie zu.

Als sie durch die Tür ging in ihrem engen schwarzen Rock, der knapp über dem Knie aufhörte, gab es Jessica einen Stich ins Herz. Margot hätte mir wenigstens auch die Hand geben können, schließlich sehen wir uns nicht mehr, dachte sie beleidigt.

Es war zu früh, um Sylvia alleine zu lassen, und Alfred war froh, dass Birgit Ferien hatte und ein paar Tage bei ihr wohnen konnte. Sylvias Mutter war zu alt und gebrechlich, um ihr beizustehen. Sie hatte ja kaum verstanden, dass ihr Schwiegersohn heute beerdigt wurde. Sylvias Bruder und seine Frau waren zu sehr mit dem Geldverdienen beschäftigt, um sich mit so unprofitablen Dingen wie Trauern und Trösten abgeben zu können. Und obwohl Margot schräg gegenüber wohnte und im Notfall sofort da sein konnte, war es doch beruhigend für Alfred, dass Birgit nachts bei ihr im Haus war.

Er hatte Angst um Sylvia. Seit Wolfgang gestorben und Günter verschwunden war, ließ ihn seine Kindheitserinnerung an die dunkle Gestalt am Pales-Felsen nicht zur Ruhe kommen. Irgendetwas war im Gange, das fühlte er, und es war noch nicht vorbei.

-X-

Bierbach, 13. August 2003

Jessica und Alfred machten sich, nachdem Margot gegangen war, auch bald auf den Weg zum Pfarrhaus neben der Kirche, wo sie ihr Auto geparkt hatte.

Der Weg war nicht sehr weit. Die Bühlstraße lag im oberen Teil des Dorfes, wie auch die katholische Kirche.

»Günter war nicht sehr charakterfest? Was soll das heißen? Zier dich nicht so, Alfred. Oder fällt das unter das Beichtgeheimnis?«, fügte sie hinzu, als er nicht gleich antwortete.

»Hannelore und er hatten ein paar Probleme miteinander.«

»Was denn für Probleme?«

»Kannst du dir das nicht denken?«

»Nein.«

Alfred blieb stehen und wischte sich den Schweiß von der Stirn.

»Günter hatte ein Verhältnis.«

»Das hat er dir gebeichtet?«

»Um Gottes willen nein, Jessica!« Er hob erschrocken die Hände. »Er hat es mir erzählt, nach einer Chorprobe, beim Bier.«

»Also kein Beichtgeheimnis. Nur ein Gespräch von Mann zu Mann.«

»Wenn du es so nennen willst.«

Eine Weile gingen sie schweigend die Hügelstraße hinunter.

»War es allgemein bekannt, dass Günter ein Verhältnis hatte?«, nahm Jessica den Faden wieder auf. Sie konnte sich das überhaupt nicht vorstellen. Der blasse, schmächtige Günter, dem schon mit Anfang zwanzig die Haare ausgegangen waren … Als sie ihn das letzte Mal gesehen hatte, hatte er ganz den Eindruck gemacht, als sei er mit den ehelichen Pflichten voll und ganz ausgefüllt.

Wenn einer das Zeug zum Frauenhelden gehabt hätte, dachte sie, dann Wolfgang.

»Nein. Woher auch? Nicht einmal Hannelore wusste es.«

»Das wäre meine nächste Frage gewesen. Aber mir schien, dass

Birgit davon wusste. Oder täusche ich mich?«

Alfred blieb wieder stehen und fasste sich in den verschwitzten und scheuernden Kragen seines Kollarhemdes. Er klebte ihm am Hals und engte ihn ein. »Das kann ich mir nicht vorstellen.«

Sie ging noch ein paar Schritte weiter und blieb dann ebenfalls stehen. »Wäre es denn nicht möglich, dass sein Verhältnis Birgit heißt?«

»Nein, Jessica. Nein.« Aus seinem Tonfall war herauszuhören, dass er das Thema leid war.

Sie waren am Garten von Anette und Werner Linn angekommen. Die beiden lagen in ihren Liegestühlen und hoben neugierig den Kopf, als sie Schritte hörten.

»'n Abend, Herr Pfarrer«, riefen sie gleichzeitig über den Gartenzaun.

»Guten Abend.«

»Ach, Jessica, auch mal wieder im Land«, flötete Anette scheinheilig, als hätte sie Jessica gerade eben erst entdeckt.

»Wie du siehst.«

»Gibt es schon etwas Neues von Günter?«, fragte Werner und sah Alfred erwartungsvoll an.

»Leider nicht.«

»Man macht sich halt so seine Gedanken, Herr Pfarrer. Und der Werner und ich haben uns gedacht, dass er vielleicht im Krankenhaus liegt und sein Gedächtnis verloren hat.« Anette stand auf und kam an den Gartenzaun. Ihre Nase war dunkelrot verbrannt.

»Das kann nicht sein, Anette. Die Polizei hat bereits in allen Krankenhäusern der Umgebung nachgefragt.«

»Die haben ja lange nichts gemacht, die Polizei«, brummte Werner, hievte sich aus dem Liegestuhl und folgte seiner Frau an den Zaun. In seinem Gesicht und auf seiner Glatze schälte sich die Haut.

»Die Polizei wird erst nach vierundzwanzig Stunden aktiv«, bemerkte Jessica.

»Haben die auch im Krankenhaus in Zweibrücken nachgefragt?«, keuchte der Rebmann Karl, der gerade mit seiner Frau Susanne auf Höhe des Linnschen Gartens angekommen war und heftig nach Luft rang. Die steile Hügelstraße hatte sie ganz schön geschafft. Ihre Köpfe waren tomatenrot.

»Ich nehme es doch an.«

»Das sagen Sie so, Herr Pfarrer. Vielleicht hat die Polizei nur in den saarländischen Krankenhäusern nachgefragt. Und Zweibrücken liegt in der Pfalz«, gab Susanne zu bedenken.

»Ich bin sicher, dass die Polizei das auch berücksichtigt hat, Susanne.«

»Abwarten. Wer weiß, was noch alles rauskommt«, orakelte der Rebmann Karl. »Bei der Hitze ist alles möglich.«

»Ich will's gar nicht wissen«, schwindelte Anette.

»Ich auch nicht«, pflichtete ihr Susanne bei und sagte dann übergangslos zu Alfred: »Es war eine schöne Beerdigung, Herr Pfarrer, bisher Ihre schönste.«

»Danke«, sagte Alfred und signalisierte Jessica unauffällig mit den Augen, dass er weitergehen wollte.

Sie verabschiedeten sich und überquerten die Hügelstraße. Ein schwarzer Golf GTI kam vom Dorf heraufgefahren und raste knapp an ihnen vorbei.

»Der hat es aber eilig«, bemerkte Jessica, die selber einen flotten Fahrstil bevorzugte.

»Das war Falk. Er fährt hoch zum Schucht. Falk ist der Sohn von Hannelore und Günter.«

»Ich weiß. Und jetzt geht er seinen Vater suchen.«

»Er sucht ihn jeden Tag im Wald. Er und seine Freunde laufen alle Waldwege ab. Was für eine Tragödie. Und ich stehe dabei und kann nichts tun. Die Polizei hat den ganzen Wald abgesucht. Sie waren in jeder Stadt, in jedem Dorf, auf jedem Bahnhof im Saarland und der Pfalz.«

»Wenn die Polizei ihn nicht findet, was kannst du denn dann tun, Alfred?«

»Vielleicht bleibt mir wirklich nur zu beten.« Er seufzte. »Aber was Birgit angeht, irrst du dich. Das ist ausgeschlossen. Es muss eine gewesen sein, die Günter in Zweibrücken kennen gelernt hat. Vielleicht eine von der Demag, wo er arbeitet.«

Jessica sah ihn skeptisch an.

Inzwischen waren sie auf dem Kirchplatz angekommen und standen vor der neuen Herz-Jesu-Kirche mit dem hohen Glockenturm, die 1960/61 gebaut worden war. Für Jessica waren die fünfziger, sechziger und siebziger Jahre die Jahre der architektonischen Todsünden. Aber das sagte sie Alfred nicht, der sehr stolz auf seine Kirche war.

Das Pfarrhaus stand direkt neben der Kirche, ein zweistöckiges Wohnhaus mit einer großen Terrasse über der Garage, die alles Mögliche beherbergte – nur kein Auto, da Alfred nicht gerne selber fuhr. Vor dem Haus wucherte ein Garten, dem anzusehen war, dass Frau Vatermanns haushälterische Talente eher im Haus lagen.

»Willst du noch in die Kirche, Jessica?«

»Wie kommst du denn darauf?«

»Schau dir doch wenigstens die schöne Glaswand bei untergehender Sonne an.«

»Nein, danke. Als ich das letzte Mal in der Kirche war, musste ich im Seitenschiff neben den Beichtstühlen knien und zweihundert Vaterunser rückwärts beten.«

»Oh Jessica!«

»Ich komme nur noch kurz zu dir herein, bevor ich losfahre. Meine Tasche habe ich schon im Auto.«

Kurz darauf saßen sich die beiden in Alfreds Wohnzimmer gegenüber. Trotz der Hitze hatten sie jeder ein Glas *Highland Park* vor sich stehen, Jessicas Lieblings-Scotch, den sie auf Reisen gerne mit sich führte, weil es ihn fast nirgends zu kaufen gab. Alfred hatte einen Steinkrug mit Eiswürfeln in der Küche an Frau Vatermann vorbeigeschmuggelt.

»Weißt du, Jessica, mein Glaube ist normalerweise mein größter Trost. Aber heute nicht.« Er nahm einen großen Schluck und stellte das Glas zurück auf den Tisch. »Ich kenne Wolfgang und Günter schon mein Leben lang. Und dass sie jetzt vielleicht beide bei Gott sind, und dass wir uns bei ihm wieder sehen, tröstet mich nicht. Überhaupt nicht. Ich möchte die beiden wieder hier haben. In Bierbach, wo sie hingehören. Wo wir alle hingehören.« Er sah sie an. »Übrigens, du auch.«

»Ich gehöre nirgendwo hin.« Einen Moment sah sie Margot vor sich. Stirnrunzelnd vertrieb sie das Bild und kippte den Whisky runter.

»Sagen deine Worte, aber dein Herz sagt etwas anderes.«

»Du bist ein sentimentaler Schwätzer, Alfred. Aber heute verzeihe ich dir das. Es war ein schwerer Tag für uns alle.«

»Ich bin froh, dass du doch noch gekommen bist.«

»Ich auch.« Sie lächelte ihm aufmunternd zu und stand auf. »Ich lasse dir die Flasche Whisky da.«

Alfred saß da wie betäubt. Schweiß stand auf seiner Stirn. Sie durfte noch nicht gehen. Nicht, bevor er ihr von seiner Vorahnung erzählt hatte. Er fühlte, dass dies die letzte Möglichkeit dazu war. »Kannst du nicht noch bleiben?« Er setzte sich ein wenig aufrechter und lächelte Jessica bittend an.

»Warum denn?«

Alfred sackte in seinen Sessel zurück und schaute sie eindringlich an. »Weil ich gespürt habe, dass etwas passieren wird.« Er schloss erschöpft die Augen.

»Was hast du gespürt?«

Er öffnete die Augen wieder und sah sich ratlos im Zimmer um.

Jessica stellte überrascht fest, dass Alfred, der es gewohnt war, täglich anderen Beistand zu leisten, jetzt selbst welchen gebraucht hätte. Sie fühlte sich überfordert.

»Vielleicht war deine Vorahnung eine göttliche Eingebung. Bierbach würde zum Wallfahrtsort aufsteigen, und ich könnte die *Kapelle zum Seligen Alfred* bauen.«

»Du hast schon als Kind immer den Narren gespielt, wenn du nicht weiter wusstest, Jessica.« Er warf eine Handvoll Eiswürfel in die Gläser und schenkte nach.

Sie setzte sich wieder und zündete sich eine Zigarette an. »Also, was willst du mir sagen?«

Alfred trank einen Schluck und holte tief Luft. »Ich hatte so ein ungutes Gefühl. Irgendetwas stimmt nicht. Ich kann es nicht genau sagen, aber …«

»Du hattest also eine Vorahnung, was Wolfgangs Tod anbelangt. So weit konnte ich dir folgen. Hattest du die auch, als Günter verschwand?«

»Nein.«

»Ich glaube nicht an Vorahnungen, Eingebungen oder irgendwelchen göttlichen Hokuspokus. Für mich haben alle Dinge einen realen Ursprung.« Sie sah zu ihm hinüber, und als er ihr nicht widersprach, fuhr sie fort: »Vielleicht war es ja so: Du hast irgendetwas gesehen oder erlebt, was dich tief beeindruckt hat. Vor zwei Wochen oder vor fünf Jahren … Und das hast du in deinem Unterbewusstsein gespeichert. Jetzt ist etwas passiert, das dich an die Situation von damals erinnert hat, dein Unterbewusstsein hat die beiden Ereignisse verknüpft, den Zusammenhang erkannt, aber du weigerst dich, es in dein Bewusstsein aufsteigen zu lassen. Vielleicht ist ein Eichelhäher über dich hinweggeflogen und hat geschrien.« Sie hielt inne und drückte ihre Zigarette aus.

Alfred hatte sie geduldig ausreden lassen. »Danke für die freudschen Ausführungen. Aber warum, um Himmels willen, muss es ausgerechnet ein Eichelhäher sein?»

»Als ich neun war oder zehn, bin ich mittags vom Schweitzertal gekommen, als über mir ein Eichelhäher schrie. Er flog vom Grohbachtal her und kreischte, als wäre der Teufel hinter ihm her. Ich mochte diese Vögel nicht. Als Kind mochte ich überhaupt keine Vögel. Ich fand es immer unheimlich, dass sie fliegen konnten. Und als der gottverdammte, sorry, Alfred, Eichelhäher schrie, habe ich gewusst, dass jemand sterben wird.«

»Und? Ist jemand gestorben?«

»Ja. Margots Onkel Ewald, de alde Schwaduddler. Er ist vom Baum gefallen und war sofort tot.«

»Wo?«

»Auf seinem Grundstück. Erinnerst du dich? Wenn man hoch Richtung Kanzel geht, muss man bei der Kneippanlage rechts rein. Dort hatte er seine Obstbäume stehen.« Sie hielt einen Moment inne und sah Margot und sich die Wiese vom Schucht herunterrennen. »Wenn man den Weg weiterging, kam man zum Schucht. Komisch, dass ich das noch so gut weiß.»

»Die Erinnerungen aus der Kindheit sind die tiefsten, weil man da mit allen Sinnen wahrnimmt.«

»Da ist was dran.«

»Ich muss dich etwas fragen, Jessica.«

Sie sah ihn erwartungsvoll an.

»Es ist schon dreißig Jahre her. Erinnerst du dich, wie du eines Nachts unter meinem Fenster gestanden hast? In der Korngartenstraße.«

»Was habe ich da gewollt? Fensterln?«, fragte Jessica übermütig.

»Du warst sehr aufgeregt ... Irgendetwas war passiert ...«, sagte Alfred ernst und bemerkte, wie bei seinen Worten plötzlich ein Schatten über ihr Gesicht fiel und sie wie ein kleines, verängstigtes Mädchen aussehen ließ. Aber der Schatten verschwand so schnell, wie er aufgetaucht war.

»Ach, Alfred, wenn man acht oder neun ist, dann ist alles aufregend. Vielleicht haben sich ein Katholischer und eine Evangelische heimlich geküsst.« Sie lachte. »Weißt du, dass ich früher immer dachte, der Schucht wäre evangelisch und der Steinberg katholisch?«

»Was hattest du eigentlich damals um die Mittagszeit im Schweitzertal zu suchen?«

»Der Hunger hat mich hingetrieben. Du weißt ja, ich habe manchmal bei meiner Cousine Sieglinde zu Hause Mittag gegessen. Bei Riedingers gab es die beste Kartoffelsuppe mit Apfelpfannkuchen.«

»Ja, ich erinnere mich noch.« Alfred schmunzelte. »Du hast dich überall durchgefressen. Und bei denen, die das beste Angebot hatten, bist du hängen geblieben. Du warst wie eine streunende Katze. Frei und ungebunden.«

Jessica lachte wieder. Die Abendsonne fiel durch eines der Fenster und ließ ihre Haare aufleuchten, als wären sie aus purem Gold.

Alfred war es, als ginge die Sonne in seinem Haus auf und wärme ihn auf eine längst vergessen geglaubte Weise. Ein Gefühl der Leichtigkeit durchströmte seinen Körper. Als Gott die Frau erschuf, hat er wohl getan, dachte er und sah sie bewundernd an.

»Und du hast wunderbar zeichnen können«, sagte er. »Du hast von uns allen Zeichnungen gemacht. Leider habe ich keine einzige mehr davon.«

»Ich auch nicht.«

»Auch keine mehr von Margot?«

»Wieso ausgerechnet von Margot?«

»Weil du sie am meisten gezeichnet hast.«

»Wolfgang konnte gut singen, erinnerst du dich?«, wechselte Jessica das Thema.

»Bierbach war immer das Dorf der Sänger und Musikanten.«

»Ich dachte, das Dorf der Korbmacher, die Bierbacher Kerbcher.«

»Das stimmt. Wolfgangs Großvater, der Lenhard Max, war der letzte Korbmacher in Bierbach.«

»War er nicht einer der Alten, die einem immer so Angst gemacht haben vor dem Permes?«

Bei dem Wort Permes zuckte Alfred unmerklich zusammen und griff mit einer Verlegenheitsgeste zu seinem Glas. Nahm einen Schluck. »Ja, er und unsere Großväter, der Lück Johann und der Bubel Julius.«

Die Haushälterin streckte den Kopf durch die Tür und fragte, ob sie jetzt das Abendessen zubereiten solle. »Isst du mit, Jessica?«

»Danke, aber ich bin schon fast weg.«

Frau Vatermann lächelte zufrieden und zog sich wieder in die Küche zurück.

Jessica hielt ihr Glas gegen das Licht und ließ die Sonnenstrahlen in der honigfarbenen Flüssigkeit tanzen.

Das Telefon klingelte. Alfred sprang überraschend behände auf und lief eilig ins Arbeitszimmer. »Vielleicht ist es eine Nachricht von Günter«, rief er über die Schulter zurück.

Während Alfred am Telefon war, sah sie sich in seinem Wohnzimmer um.

So alt und renovierungsbedürftig das Haus von außen war, so modern und leicht war seine Inneneinrichtung. Die Regale mit den vielen Büchern waren aus hellem Kirschbaumholz, im selben Ton wie das Parkett, die Sessel aus cognacfarbenem Leder. Alles sehr geschmackvoll. Aber sie hatte eigentlich auch nicht erwartet, dass Alfred in einer muffigen Bude hausen würde. Sie wusste, dass er Geschmack hatte und künstlerisch interessiert war.

Über der Couch hing eine Reproduktion von Henri Rousseaus *Tropischer Wald mit Affen und Schlange*. Das Original, wusste sie, hing in der *National Gallery of Art* in Washington.

Auf dem Urwaldbild waren fünf Affen zu sehen, die sich mit Angel und Netzen am Fluss niedergelassen hatten. Die bedrohliche Riesenschlange war kaum vom Geäst der dunkelgrünen Bäume zu unterscheiden. Es war ein fröhliches Bild von Rousseau, der mit Vorliebe den Urwald gemalt hatte und dabei doch niemals aus Frankreich herausgekommen war.

Sie sah sich die Bücher an und las die Buchtitel: *Die Bekenntnisse des Heiligen Augustinus. Lexikon der Heiligen. Abteien und Klöster in Europa. Beten mit der Heiligen Hildegard. Das Leben des Heiligen Pirminius.*

Nebenan in seinem Büro telefonierte Alfred immer noch. Als sie den Namen Margot hörte, ging sie hinüber. Er stand vor seinem Schreibtisch und drehte ihr den Rücken zu, trotzdem konnte sie jedes Wort verstehen.

»Ist das wahr? Oh mein Gott! Wo bist du jetzt? Natürlich. Keine Frage. Wir müssen der Sache erst einmal nachgehen, bevor … Ganz genau. Danke, Margot, dass du mich gleich benachrichtigt hast. Bleib bei Hannelore.« Er legte den Hörer auf und verharrte regungslos vor seinem Schreibtisch.

Jessica räusperte sich.
»Kannst du dir vorstellen, Jessica, dass …« Seine Stimme klang heiser.
»Dass was?«
»Dass Wolfgangs Tod vielleicht …«
Sie packte ihn am Arm und zwang ihn, ihr ins Gesicht zu sehen. »Was ist passiert? Jetzt reiß dich mal zusammen, Alfred!«
Statt einer Antwort deutete er aufs Telefon.
»Margot? Ist Margot etwas passiert?«
»Nein …«
»Sondern?«
Er atmete tief ein und faltete die Hände.
»Bitte nicht jetzt, Alfred!« Sie schlug ihm leicht auf den Unterarm.
»Könntest du dir vorstellen, dass Wolfgangs Tod vielleicht kein Unfall war?«, fragte er stockend.
Sie machte ein paar Schritte zum Fenster und schaute nachdenklich hinaus. »Ich könnte mir gut vorstellen, dass Wolfgangs Tod kein Unfall war. Und ich könnte mir auch vorstellen, dass Günters Verschwinden etwas mit seinem Tod zu tun hat. Denn es wäre doch ein merkwürdiger Umstand, dass ein so sportlicher Mann wie Wolfgang von der Leiter fällt, und Günter kurz danach auf so mysteriöse Weise verschwindet. Was hat Margot konkret gesagt?«
»Hannelore hat einen Schuldschein gefunden. Günter hatte bei Wolfgang zwanzigtausend Euro Schulden.«
»Donnerwetter! War Wolfgang so reich, dass er zwanzigtausend Euro verleihen konnte?«
»Als kaufmännischer Angestellter eigentlich nicht. Und die Summe hätte Günter auch nie zurückzahlen können. Bei ihm hat es hinten und vorne nicht gereicht.«
»Was hat er eigentlich beruflich gemacht?«
»Günter? Er ist Lagerarbeiter. Du brauchst von ihm noch nicht in der Vergangenheit zu sprechen.«
»Aber ein Haus konnte er sich bauen?«
»Nein, das Haus in der Heinzenstraße hat er geerbt. Er hätte nie bauen können, Hannelore war doch nur Hausfrau, und er mit seinen paar Kröten …«
»Warum ist sie nicht arbeiten gegangen?«
»Weil sie das kranke Kind hatten.«

»Falk ist doch nicht krank.«

»Nicht Falk. Patrick hieß der Erstgeborene. Er war zwei Jahre älter als Falk. Vor fünf Jahren ist der arme Junge gestorben.«

»Das wusste ich gar nicht.«

»Es wurde auch nie viel drüber geredet. Patrick war geistig und körperlich schwerstbehindert.« Alfred schüttelte in trauriger Erinnerung den Kopf. »Seine Behandlung hat sehr viel Geld gekostet. Zweimal im Jahr fuhr Hannelore mit ihm zur Kur, und das hat die Krankenkasse nicht bezahlt. Ich habe oft zu Gott gebetet, dass er ihnen Kraft gäbe. Mehr konnte ich nicht für die Familie tun.«

»Na, hoffentlich haben deine Gebete auch etwas genützt«, zweifelte Jessica und kam wieder zum Ausgangspunkt zurück. »Stammen die Schuldscheine aus der Zeit, als der zweite Sohn noch lebte?«

»Das weiß ich nicht. Ich muss noch einmal mit Margot sprechen und sie fragen, welches Datum darauf steht.«

»Und diesen Schuldschein hat Hannelore bei sich zu Hause gefunden? Findest du das nicht merkwürdig?«

Alfred schwieg und blickte Hilfe suchend zu dem Kreuz an der Wand.

»Das würde ja bedeuteten, dass der Schuldschein bei Günter war und nicht bei Wolfgang, wo er hingehört hätte«, sagte Jessica. »Schuldscheine bewahrt normalerweise der Gläubiger auf, nicht der Schuldner.«

»Genau das hat Margot auch am Telefon gesagt. Und sie will, dass ich jetzt zu Hannelore komme. Margot ist auch noch dort. Wir wollen die Sache besprechen, bevor wir zur Polizei gehen.« Alfred machte Anstalten, aufzubrechen. »Kommst du mit?«

»Nein. Ich fahre jetzt zurück nach Stuttgart. Ich bin schon viel zu spät dran. Es ist ja schon halb neun. Aber halte mich auf dem Laufenden. Okay?«

»Okay.«

Jessica überlegte einen Moment. »Ich kann dich bei Hannelore absetzen, komme aber nicht mehr mit hinein. Ich fahre von dort aus gleich weiter.«

-XI-

Bierbach, 13./14. August 2003

Jessica war auf der Autobahn schon kurz vor dem Leonberger Kreuz, als sie beschloss, die nächste Abfahrt runter und nach Bierbach zurückzufahren.

Kurz vor Mitternacht kam sie wieder in Bierbach an und fuhr geradewegs hoch ins Grohbachtal. Auf dem Parkplatz ließ sie ihr Auto stehen und ging die paar Minuten bis zur Kanzel zu Fuß. Eine angenehme Kühle strömte ihr aus dem Wald entgegen.

Sie hatte ihre Taschenlampe mitgenommen, die sie immer im Auto hatte, und beleuchtete den asphaltierten Weg.

Wenn der Lichtstrahl ihrer Taschenlampe über die Baumreihen streifte, huschten lange Schatten zwischen den Stämmen umher. Die Kreaturen des Waldes belauerten jeden ihrer Schritte. Vor der Kneippanlage neben der Kanzel blieb Jessica unter der Straßenlaterne stehen. Eine ganze Kolonie von Nachtfaltern umflatterte den Schein des künstlichen Lichts. Diese Laterne hatte es in ihrer Kindheit noch nicht gegeben, und sie fand, dass sie auch nicht hierher passte.

»Wenn das der Permes sieht!«, hörte sie ihren Großvater sagen.

»Was meinst du? Die Kneippanlage oder die Straßenlaterne?«, fragte Jessica. »Rede ich jetzt mit einem Toten? Bin ich denn total verrückt?«

»Das haben wir in uns. Wir sind selber daran schuld, dass wir verflucht sind«, hörte sie ihn zu Julius und Max sagen.

Und was hatte ihre Mutter damals ziemlich ungehalten zu ihm gesagt, als sie die drei vom Küchenfenster aus im Hof so reden gehört hatte? »Hör auf mit den alten Geschichten, Johann!«

Im Schein des künstlichen Lichts sah die Kneippanlage mit ihren kitschigen, hellblau gestrichenen Hand- und Fußbecken unwirklich aus. Sie passte nicht ins Grohbachtal. Und schon gar nicht neben die Kanzel.

»Die Kanzel gehört der Vergangenheit«, hatte ihr Vater erklärt, als sie wieder einmal durch das seltsame Gerede ihres Großvaters verunsichert worden war. »Hier hat die Gegenwart nichts zu suchen. Sie war von Anfang an ein mystischer Ort. Schon bei den Kelten und den Römern. Hätte Pirminius sie sonst ausgesucht, um von ihr zu predigen?«

»Und wer ist der Permes?«, hatte sie ihn gefragt. »Ein übrig gebliebener Gott aus der Zeit, bevor es unseren Gott gab?«

»Der Permes ist das Böse. Das Böse hat viele Namen«, war seine Antwort gewesen.

Sie kletterte mit der Taschenlampe zwischen den Zähnen die Kanzel hinauf.

Jessica hatte schon auf den höchsten Wolkenkratzern dieser Erde gestanden, aber den Abgrund nie als derart bedrohlich empfunden. Die Kanzel war nicht einmal haushoch und bei Tag sah sie völlig harmlos aus. In der Nacht jedoch ... Da half auch keine Straßenlaterne.

Oben auf der Kuppe zwischen den Bäumen ließ sie den Schein der Taschenlampe über den Boden wandern. An dem großen Buntsandstein machte sie halt. Er markierte immer noch die Stelle, an der der Permes die Leiche von Christa Bender damals vergraben hatte.

Plötzlich hatte Jessica das Gefühl, beobachtet zu werden. Stand der Permes jetzt hinter ihr und beobachtete sie, so wie sie ihn vor einunddreißig Jahren von ihrem Versteck aus beobachtet hatte? Sie glaubte seinen heißen Atem im Genick zu spüren.

Sie umklammerte die Taschenlampe fester, nahm ihren ganzen Mut zusammen und drehte sich blitzschnell um. Wo vorher Bäume gestanden hatten, gähnte ein riesiges schwarzes Loch, das selbst das Licht der Taschenlampe verschluckte.

-XII-

Bierbach, 14. August 2003

Alfred drückte auf die Klingel, unter der der Name »Klaus« stand.

»Margot hat nach ihrer Scheidung wieder ihren Mädchennamen angenommen«, erklärte er, als er Jessicas fragenden Blick sah.

»Aha.«

Jessica hatte den Rest der Nacht in der nahen Stadt Blieskastel im Hotel *Zur Post* verbracht. Am Morgen war sie, aufgewühlt von den Erlebnissen der Nacht, gleich zu Alfred gefahren, um ihm von ihrem Abstecher zu der Stelle zu berichten, wo vor einunddreißig Jahren Christa Bender verscharrt worden war.

Aber als er dann lächelnd vor ihr stand und sich freute, sie so unerwartet schnell wieder zu sehen, konnte sie ihm doch nicht die Wahrheit sagen, sondern hatte die schreckliche Erinnerung verdrängt und sich von ihm überreden lassen, mit zu Margot zu fahren.

Ihm kam es bei der Hitze nicht ungelegen, von ihr die Bühlstraße hinaufgefahren zu werden. Wenn auch die Glorifizierung des Leidens ein Teil des christlichen Glaubens war, so hörte für Alfred der Spaß bei 38 Grad im Schatten auf.

»Schau mal, wen ich mitgebracht habe«, sagte Alfred, als Margot die Tür aufmachte.

»Ja, ich sehe es«, entgegnete Margot, und es war ihr nicht anzumerken, ob sie sich freute oder nicht. »Hallo, Jessi.«

»Hallo, Margot.«

»Kommt rein. Hast du in deinen Kleidern geschlafen, Jessi?«

»Nein, aber ich habe sie gewaschen. Im Waschbecken. Gestern Nacht.«

»Gibt es keine Waschmaschinen oder Bügeleisen, da, wo du herkommst?«

Jessica lächelte geheimnisvoll. Sie wollte den beiden nicht sagen, in welchem Zustand sie gestern Abend vor dem Hotelportier gestanden hatte, wüst und schmutzig. Der Abstieg von der Kanzel war nämlich in einem Rutsch erfolgt. Aber Hotelpersonal war Gott sei Dank diskret und fragte nicht nach.

Margot trat einen Schritt zur Seite und ließ die beiden herein.

Es war das erste Mal, dass Jessica Margots Haus betrat, das sie mit ihrem Mann bewohnt hatte und in dem sie seit ihrer Scheidung alleine wohnte. Margot schien ein Faible für englischen Landhausstil zu haben, bemerkte Jessica, als sie durch die Diele ins Wohnzimmer gingen. Weiche Stoffe mit Blumenmustern gaben dem Raum eine leichte, sommerliche Eleganz.

»Jessica hat es sich gestern Abend kurz vor Stuttgart anders überlegt und ist wieder zurückgekommen«, sagte Alfred. »Im Hotel war ihr Zimmer noch frei.«

»So ein Glück«, antwortete Margot, und Jessica glaubte eine Spur von Ironie in ihrer Stimme zu hören.

Die drei gingen durch das Wohnzimmer auf die Terrasse, wo bereits Sylvia, Birgit und Hannelore und Falk um einen Tisch herumsaßen. Sie begrüßten sich.

»Meinen Sohn Falk kennst du ja noch, Jessica«, stellte Hannelore ihren Sohn vor und schaute Jessica unsicher an.

Was war nur mit ihr los? Wieso benahm sie sich so merkwürdig, als sei ihr alles peinlich und als sei sie an allem schuld? Jessica wandte sich ihrem Sohn zu. »Ja. Wir kennen uns vom Sehen. Hallo, Falk. – Was macht ihr alle hier? Kriegsrat halten?« Sie warf einen Blick in die Runde.

»Bevor du gekommen bist, hat Falk bei mir angerufen«, antwortete Alfred und setzte sich zu der Gruppe. »Hannelore und er sind der Meinung, dass Sylvia die Sache mit dem Schuldschein erfahren sollte.«

Jessica sah sich nach Margot um, die gerade mit einem Tablett Gläser und zwei Flaschen Apfelsaft zurückkam. »Setz dich doch, Jessi«, sagte sie.

Jessica setzte sich in den letzten freien Korbsessel.

Margot stellte das Tablett ab und begann den Apfelsaft auszuschenken. Als jeder ein volles Glas vor sich stehen hatte, setzte sie sich auf die Lehne von Jessicas Sessel und verkündete mit Blick auf Jessica: »Der Saft ist von meinen eigenen Äpfeln. Ich bin gespannt, wie er dir schmeckt.«

»Er wird mir sicher gut schmecken«, antwortete Jessica, weil sie es an der Zeit fand, endlich einmal etwas Nettes zu Margot zu sagen.

»Dann trink doch mal einen Schluck.«

»Mein Vater ist tot!«, platzte Falk heraus.

Alle Gesichter wandten sich ihm entsetzt zu.

»Wie kommst du denn auf so einen Gedanken, mein Sohn?«, fragte Alfred, der als Erster seine Stimme wieder fand.

»Selbst wenn er Scheiße gebaut hätte, würde er sich nicht vor der Verantwortung drücken und einfach abhauen.«

»Wir täuschen uns manchmal in Menschen, auch in Menschen, die uns nahe stehen«, sagte Margot. Ihr Arm ruhte auf Jessicas Schulter, die zögerlich an ihrem Apfelsaft nippte.

»Das hätte er meiner Mutter nie im Leben angetan. Stimmt's, Mum?«

Die anderen sahen Hannelore erwartungsvoll an.

Hannelore nickte schnell. Als ob sie hoffte, dass sie nicht allzu lange Mittelpunkt des Gesprächs bleiben würde, dachte Jessica.

»Eh, Mum, was soll der Scheiß? Er hätte doch so was nicht gemacht, oder?«

»Falk, kannst du dich nicht anders ausdrücken?«, bat Hannelore. Die primitive Ausdrucksweise ihres Sohnes schien sie schmerzvoll daran zu erinnern, dass sie hier am Tisch die sozial niedrigste Stellung innehatte.

»Was hat es mit dem Schuldschein auf sich, Hannelore?«, fragte Jessica.

»Ich habe ihn gestern Abend im Werkzeugkeller gefunden. In der Schublade von Günters Werkbank«, antwortete sie.

»Was ich mir überlegt habe …«

»Warum warst du eigentlich an der Werkbank?«, fiel Margot Jessica ins Wort.

»Sie dachte sich einfach, durchsuch sie mal, vielleicht findest du was«, antwortete Falk für seine Mutter.

»Könnte es nicht sein«, fragte Jessica, »dass Günter seine Schulden zurückbezahlt hat und Wolfgang ihm den Schuldschein zurückgegeben hat?«

»Nein. Das kann nicht sein, denn auf unserem Konto und auf dem Konto von Hannelore und Günter fanden keine Transaktionen in der Höhe von zwanzigtausend Euro statt«, antwortete Sylvia. »So viel ist sicher. Und ich glaube auch nicht, dass die ganze Sache bar über die Bühne gegangen ist. Denn das hätten Hannelore und ich gemerkt.«

Hannelore nickte.
»Das glaube ich auch nicht, Sylvia«, meldete sich Alfred wieder zu Wort.
»Dann ist die Sache mit dem Schuldschein ein Bluff?«, fragte Birgit. »Aber von wem und warum?«
»Um meinem Vater den Mord an Wolfgang in die Schuhe zu schieben«, platzte Falk wieder heraus.
Hannelore schlug sich die Hand vor den Mund. Die anderen schwiegen bestürzt.
»Falk! Was redest du da?«, fragte Margot. »Kein Mensch hat bei Wolfgangs Tod je von Mord gesprochen. Wie kommst du darauf?«
»Seien wir doch ehrlich«, sagte Birgit. »Wir alle hier haben Günter in Verdacht. Schon bevor der Schuldschein gefunden wurde. Warum ist er denn sonst verschwunden?«
»Du hast ja Recht«, gab Margot zu.
»Was willst du machen, Sylvia?« Hannelores Stimme zitterte. »Willst du zur Polizei gehen?«
»Nein. Wolfgang wird davon nicht wieder lebendig und Günter, da bin ich mir sicher, ist nicht schuld an seinem Tod. Mein Gott, sie haben ihr ganzes Leben zusammen hier verbracht.«
Hannelore nahm allen Mut zusammen, ergriff Sylvias Hand und drückte sie dankbar. Die anderen am Tisch schwiegen.
»Wir können nur hoffen und beten«, unterbrach Alfred die Stille.
»Vielleicht sollten wir doch zur Polizei gehen. Es könnte immerhin sein, dass dieser Schuldschein der Schlüssel zu Günters Verschwinden ist.« Birgit machte eine Pause und schaute jeden einzeln fragend an. »Ich will, dass er gefunden wird, bevor er sich etwas antut.«
»Etwas antut?«, rief Hannelore erschrocken. »Günter?«
»Mein Mann ist tot! Und niemand bringt ihn mir wieder«, stieß Sylvia hervor.
»Es tut mir Leid«, sagte Hannelore mit schwacher Stimme.
»*Du* kannst nichts dafür, also brauchst *du* dich nicht zu entschuldigen«, bemerkte Sylvia. Ihre Stimme klang gepresst.
An der Tür klingelte es.
Margot sprang erleichtert auf und lief ins Haus.
Jessica zwang sich dazu, ihr nicht nachzusehen. Auch wenn sie in ihrer weißen Capri-Hose und ihrem orangefarbenen Top ein

hübscher Anblick war.

Die Runde am Tisch lauschte. Man hörte ein Lallen und ein unartikuliertes Lachen. Nach ein paar Minuten kam Margot mit einem Bündel Löwenzahn zurück.

»Was hast du denn da?«, fragte Sylvia. »Wieder ein Geschenk von deinem Verehrer?«

»Ja, der Bender Otto, der alte Jubbefaller, hat mir Löwenzahn gebracht, damit ich Salat machen kann.«

»Otto Bender?« Jessica spürte, wie ihr heiß wurde.

Margot legte das Grünzeug auf den Tisch und setzte sich wieder auf die Lehne von Jessicas Sessel. »Du erinnerst dich vielleicht an ihn. Seine Frau Christa ist vor …« Margot überlegte, »… dreißig, nein, vor einunddreißig Jahren spurlos verschwunden.«

Jessica schluckte trocken. Sie bemühte sich, an Alfred vorbeizusehen, der Margot und sie mit großen Augen ansah.

»Kann ich den Schuldschein einmal sehen?«, fragte Sylvia und Jessica hätte sie vor Dankbarkeit umarmen können, dass sie wieder zum Ursprungsthema zurückkam.

»Sicher.« Hannelore nahm ihre Handtasche hoch, die neben ihr auf dem Boden stand. »Du kannst ihn auch behalten, denn wenn Günter bei Wolfgang Schulden gehabt hat, dann zahle ich sie dir zurück«, fügte sie tapfer hinzu, während sie den Schein aus ihrer Tasche holte, die alt und schäbig und bestimmt auch nicht teuer gewesen war.

Hannelore gab Sylvia das Papier.

Es war ein liniertes Din-A5-Blatt, das aussah wie aus einem Schulheft herausgerissen. Der Text war in Druckbuchstaben geschrieben und darunter befanden sich die Unterschriften der beiden. Das Datum war der 21. Februar 2001.

»Ich, Günter Strobel, bestätige hiermit, von Herrn Wolfgang Lenhard zwanzigtausend Euro in bar erhalten zu haben …«, las Sylvia vor.

»Herr im Himmel, steh mir bei«, stöhnte Hannelore, als wäre sie sich erst jetzt, da es laut ausgesprochen wurde, der ganzen Wahrheit bewusst geworden.

Falk warf ihr einen wütenden Blick zu.

»Darf ich auch mal sehen?«, fragte Margot und streckte die Hand aus.

Sylvia reichte ihr das Papier. Margot beugte sich über den Schuldschein und Jessica las, über Margots Arm blickend, mit.

Margot ließ das Papier sinken, nahm es wieder auf und betrachtete den Text lange mit gerunzelter Stirn.

Jessica hatte genug gesehen und wandte sich wieder den anderen am Tisch zu, die allesamt schweigend und mit gespannter Aufmerksamkeit Margot beim Studium des Schuldscheins beobachteten. Das Schweigen machte sie nervös. Ihre Gedanken beschäftigten sich sofort wieder mit der vergangenen Nacht im Grohbachtal. Sie wollte diese Nacht vergessen. War sie nicht sonst immer eine Meisterin im Verdrängen unwillkommener Gedanken gewesen?

»Seid ihr überhaupt sicher, dass einer von den beiden den Text verfasst hat und dass das darunter ihre Unterschriften sind?«, fragte Margot in die Stille hinein.

»Keine Ahnung«, antwortete Falk prompt. »Ich habe nie was gesehen, was mein Vater unterschrieben hat.«

»Ich glaube, es ist Günters Unterschrift«, sagte Hannelore. »Den Rest hat er, glaube ich, nicht geschrieben.«

Kann ich mir vorstellen, dachte Jessica, schon als Schüler hatte er in einem Satz zwanzig Fehler und nur mit Ach und Krach die Hauptschule geschafft.

»Darf ich noch mal sehen?«, bat Sylvia.

Margot gab ihr den Schuldschein. Sylvia holte ihre Lesebrille aus einem Etui und sah sich alles noch einmal gründlich an. »Das ist nicht Wolfgangs Unterschrift.«

»Was?«, riefen alle wie aus einem Mund.

»Wolfgang hat den Anfangsbuchstaben seines Namens immer verhältnismäßig groß geschrieben.«

»Bist du dir da sicher?« Birgit nahm Sylvia ungehalten den Schuldschein aus der Hand.

»Natürlich. Das hier ist nicht die Unterschrift von meinem Mann. Warum ist mir das nicht gleich aufgefallen?«

»Vielleicht, weil sie es doch ist.« Birgit wedelte wichtigtuerisch mit dem Schein.

»Also, hör mal! Ich werde doch noch wissen, wie die Unterschrift von meinem Mann aussieht.«

»Gibt es handschriftliche Belege von den beiden?«, fragte Jessica.

»Ja«, antwortete Sylvia. »Wolfgang hat sich vor kurzem erst handschriftliche Notizen gemacht. Für einen Artikel, den er anlässlich des Pirminiusjahres für die Blieskasteler Nachrichten schreiben wollte.«

»Über den Heiligen Pirminius?«, fragte Alfred und schaute interessiert in ihre Richtung.

»Nein. Über einen, der so ähnlich heißt und irgendetwas mit Bierbach zu tun hat.«

Jessica zuckte unmerklich zusammen.

»Doch nicht etwa über den Permes?« Margot lachte kurz auf und schüttelte den Kopf.

»Gibt es von Günter auch irgendetwas Handschriftliches?«, drängte Jessica weiter und sah Hannelore an.

»Nein«, sagte Hannelore. »Ich kann mich nicht erinnern, ihn je etwas schreiben gesehen zu haben. Was meinst du, Falk?«

Falk gab seiner Mutter keine Antwort, stattdessen fragte er: »Hat einer mal eine Zigarette für mich?«

Jessica, die sich gerade selber eine angezündet hatte, schob das Päckchen Zigaretten in seine Richtung. Auch Birgit hielt Falk ihr Zigaretten-Päckchen hin.

Falk nahm beide an sich. »Bei meinem Vater im Auto habe ich Zigarettenkippen gefunden. Dabei raucht er gar nicht.« Er steckte beide Päckchen ein, stand auf und verließ wortlos die Terrasse.

Die Gruppe am Tisch hörte, wie die Haustür ins Schloss fiel und ein paar Sekunden später, wie der Motor seines schwarzen Golf GTI aufheulte.

»Er hat eure Zigaretten mitgenommen«, stammelte Hannelore fassungslos. »So hat er sich noch nie benommen.«

»Reg dich nicht auf. Ich habe noch die hier.« Jessica hielt ihre Zigarette hoch. »Und im Auto habe ich noch ein ganzes Päckchen.«

»Ich hole dir einen Aschenbecher.« Margot stand auf.

»Wann fährst du wieder nach Hause, Jessica? Du hast doch sicher jede Menge zu tun«, wollte Birgit wissen.

»Jetzt. Ich bin fast schon nicht mehr da.«

»Aber deine Zigarette wirst du noch zu Ende rauchen?«, fragte Margot.

»Das kann ich auch im Auto.«

»Dann lass mich dich wenigstens zum Auto bringen«, sagte Margot und verbarg ihre Enttäuschung hinter einem freundlichen Lächeln.

-XIII-

Bamberg, 30. April 1909

Er war weit gegangen, der Mühlheimer Sepp. Wie es halt einem rechten Gesellen seiner Zunft gebührt. Als Zimmermann war er stets auf Wanderschaft. Mal hier, mal da. Im ganzen Kaiserreich war er herumgekommen, der alte Mühlheimer Sepp. Im Preußischen grad so wie im Bayrischen.

Doch nun, da er älter wurde und ihm die morschen Knochen zu schaffen machten, sehnte er sich immer öfter nach einem Zuhause. Und recht wäre ihm, der das Bier und den Wein so mochte, eine Wirtschaft gewesen, gerade so wie der Bamberger Schlosskeller, in dem er an diesem Abend mit zwei Gesellen beim Rauchbier saß.

Er schaute zur Wirtin hin, von der er wusste, dass sie seit einem halben Jahr Witwe war und die nicht so aussah, als würde sie ein gestandenes Mannsbild wie ihn aus dem Haus jagen wollen. Ein patentes Weibsbild und auch noch ganz hübsch für sein Alter, dachte der Sepp.

Und die alte Bischofsstadt mit ihren schönen Bauten und kostbaren Schätzen hatte es ihm auch angetan. Vor allem der Bamberger Reiter, der so stolz auf seinem Pferd saß, gefiel ihm.

Es war eine katholische Stadt, dieses Bamberg, und bei dem Wort katholisch musste er lachen.

»Was lachst denn so deppert?«, fuhr ihn der Meier an, »bist bleed geworden, Sepp, oder vertragst das Bamberger Bier gar nicht?«

»Wanderbursche, frei und ledig, zieh ich durch die weite Welt«, sang er und hob seinen Krug. »Geld und Gut hab ich nicht nötig, bleibe da, wo mir's gefällt ...«

Die Wirtin hinter dem Schanktisch schenke ihm ein Lächeln.

Es geht doch, freute sich der Mühlheimer Sepp.

»Jetzt fängt der Depp noch an zu singen!«, schimpfte der Meier.

»Schlafe auf des Waldes Boden, über mir das Sternenzelt ...«

»Jetzt halt fei dei Maul! I sag's dir!« Der Meier sah nicht aus, als würde er mit sich spaßen lassen.

»Lass gut sein, Sepp«, bat der alte Zecher, dem nichts so sehr verhasst war wie eine Wirtshausschlägerei. »Mit deiner Singerei vertreibst du uns noch die Hexen. Weil, heut ist doch die Hexennacht.«

»Habt ihr es schon mal mit einer solchen getrieben?«, fragte der Sepp leise, damit ihn die Wirtin nicht hören konnte.

»Mei Alte is a rechte Hex!«, lachte der alte Zecher.

»Ich meine mit einer richtigen? So einer, die sich mit Kräutern auskennt und die Leut verhexen tut?«

»Was meinst denn?« Der Meier verstand nicht.

»So eine, die Holz verbrennt, an dem ein Pilz dran ist, der dich betrunken macht. So betrunken, dass du Sachen siehst, die es gar nicht gibt.«

»Was meinst denn?«

Der Meier und der alte Zecher tranken von ihrem Bier und schauten den Sepp mit glasigen Augen an.

»Na schau her, Meier. Wenn du zu so einer in die Hütte kommst ... in ihre Hütte im Wald. Und da ist ein Feuer ...«

»Geh weiter mit deiner Geschicht. Ich muss jetzt auch gehen!«

»Ich komm mit dir, Meier«, sagte der alte Zecher.

Die beiden standen auf und schwankten Arm in Arm zur Tür.

Erleichtert rutschte der Sepp auf der Wirtshausbank weiter bis zum Fenster und schaute hinaus.

Jetzt hätte er fast geredet! Wenn das Herz voll ist, läuft der Mund über. Ein Glück, dass die beiden weg waren.

Die Bas Stollebett und Bierbach, das Dorf, in dem er die letzten fünf Jahre so oft zu tun gehabt hatte, beschäftigten ihn weiter.

Er verglich das vornehme Kopfsteinpflaster mit den festgetretenen Schotterwegen, die Fachwerkhäuser mit den Stall- und Kleinbauernhäusern und die Wirtin vom Bamberger Schlosskeller mit der alten Bas.

Normalerweise wäre er nicht zu der hässlichen, alten Hexe gegangen, hätte ihm nicht gefallen, wie sie ihn anbetete, als wäre er nicht nur ein einfacher Zimmermann, sondern Permes, der Herrscher des Waldes. Er glaubte ja selber daran, wenn er berauscht und benebelt in der verrauchten Hütte bei ihr lag. Jetzt kamen ihm die drei Burschen wieder in den Sinn, die an diesem Tag plötzlich auf der anderen Seite des Feuers gekauert und sie angestarrt hatten.

Sie mussten schon eine Weile dagesessen haben, denn ihre Blicke waren glasig und irr vom Rauch. Er hatte zurückgestarrt und plötzlich die Mordlust in ihren Augen gesehen. Da war er aufgesprungen und hatte schnell den Becher mit dem seltsamen Gebräu, das ihm die Bas immer zu trinken gab, ins Feuer geschüttet, so dass der Rauch dick und schwefelgelb wurde wie vor einem Gewitter. Im Schutze des Rauches war er dann unter der Rückwand der Hütte hindurchgekrochen, hatte sich heimlich davongeschlichen und war in den Wald hochgerannt.

Von dort oben hatte er gesehen, wie die drei Burschen die alte Bas von ihrer Hütte bis zur Kanzel jagten.

Vorsichtig hatte er sich der Kanzel von hinten genähert, war auf allen vieren bis zum Abhang über der Kanzel gekrochen und hatte von dort aus heimlich das Geschehen beobachtet.

Die drei Burschen hatten am Fuße der Kanzel gestanden und die Bas über ihnen auf dem Felsvorsprung.

Schaurig war es anzusehen, wie sich die Bas benahm. Sie lachte und sprach mit einem unsichtbaren Geist. Dann breitete sie die Arme aus und flog auf wie ein riesiger, kreischender Vogel. Nie hatte er einen furchtbareren Laut gehört. Und der Vogel stieß auf die drei Bierbacher Burschen nieder und fiel ihnen vor die Füße. Plump wie ein Stein, denn eine Elle vor dem Boden verwandelte sich der Vogel wieder in die Bas. Die drei hoben ihre Äxte und …

Er trank seinen Krug aus.

»Frau Wirtin! Noch einen Krug!«, rief er zum Schanktisch hin.

»Kommt sofort, der Herr.«

Drei Jahre später hatte es ihn wieder in diese Gegend gezogen, als ein reicher Fabrikant eine Jagdhütte bauen ließ. Da wurde ein tüchtiger Zimmermann allemal gebraucht. Dass ausgerechnet der Grosser, dieser lothringische Spitzbube, am selben Ort war …

Er hätte das Geld, das er Grosser schuldete, nie aufbringen können. Verflucht sei das Kartenspiel, das ihm so viel Unglück gebracht hatte.

Da der Grosser ihm Prügel und mehr androhte, fasste er einen gewagten Entschluss und lauerte einem der drei Burschen auf, die damals die Bas Stollebett erschlagen hatten.

Er hatte sich gerade diesen ausgesucht, weil er ihm von den dreien am besten geeignet erschien. Oft genug hatte er ihn dabei beobachtet, wie er sich bei jedem Schatten ängstlich umschaute, als erwarte er Grauenvolles zu sehen.

Und Grauenvolles bekam er zu sehen, als er eines Tages allein im Wald Holz schlagen musste. Aus der Tiefe des Waldes kommend, erschien ihm der Permes, die gleiche Furcht einflößende schwarze Gestalt wie damals auf der Kanzel.

Der junge Bierbacher ließ seine Axt fallen, fiel auf die Knie und flehte den heiligen Pirminius um Hilfe an.

»Du hast die Bas erschlagen«, sagte die schwarze Gestalt böse.

»Ich mach's widder gut, Permes! Ich mach's widder gut!«, hatte der Junge mit kalkweißem Gesicht und vor Angst schlotternd gerufen.

Er hatte genickt, und auf dem Gesicht des Jungen war ein Hoffnungsschimmer erschienen.

»Dem Permes wurde ein Stück seines Waldes weggenommen. Dafür muss ein Menschenleben geopfert werden, oder der Permes kommt hinunter ins Dorf und holt sich eins.«

»Ich verstehe nicht«, stammelte der Junge.

»Die Jagdhütte.«

Der Junge sah ihn verständnislos an.

»Du kannst dein Dorf vor Unheil bewahren, und ich vergesse, was mit der Bas Stollebett geschah.«

»Was muss ich machen?«

Der Junge hatte zu weinen angefangen und seine Zähne schlugen wie wild aufeinander.

»Da ist einer in der Nacht allein bei der Baustelle. Den will der Permes. Und mit einer Axt umgehen, das kannst du doch.«

Am nächsten Tag hieß es im Dorf, der Grosser sei verschwunden, und man hatte nie mehr was von ihm gehört oder gesehen.

Er schaute noch immer aus dem Fenster. Draußen wurden die Laternen angezündet. Ein Pferdefuhrwerk fuhr vorbei. Das Geräusch der eisenbeschlagenen Räder auf dem Kopfsteinpflaster klang hohl und einsam zwischen den großen Häusern.

Um den Lothringischen tat es ihm nicht Leid, der war ein Wucherer und Halsabschneider gewesen. Viele, nicht nur ihn, hatte er beim Kartenspiel um ihr letztes Geld betrogen.

Die Wirtin brachte den neuen Krug Bier.

»Wenn du kein Nachtlager hast, kannst du hier in der Gaststube bleiben«, sagte sie einladend und lächelte ihm zu.

Er hatte kein Nachtlager.

Am nächsten Morgen war er wieder auf der Wanderschaft. Nach Norden zog es ihn dieses Mal. Bis an die Küste, wo er drei Tage nach Maria Lichtmess den Tod fand. Ein Dachbalken, falsch montiert, schlug ihm den Schädel ein.

Wäre ihm noch Zeit zum Wetten geblieben, er hätte sein ganzes Geld verwettet, dass er den Permes auf dem Dachfirst gesehen hatte. Den Permes aus dem Grohbachtal, eingehüllt in seinen schwarzen Umhang und mit dem großen Hut auf dem Kopf.

-XIV-

Bierbach, 14. August 2003

Mit Sylvia und Birgit waren die Letzten gegangen. Die beiden wollten noch zu Wolfgangs Grab. Margot schloss die Tür hinter ihnen.

Alfred musste mit dem Pfarrgemeinderat die anstehende Pilgerfahrt nach Hornbach, zum Kloster des Heiligen Pirminius, besprechen. Hannelore war nach Hause gegangen, falls Günter oder die Polizei sich melden sollten.

Und Jessica war nach Stuttgart zurückgefahren, wo viel Arbeit auf sie wartete.

Margot legte sich in ihren Liegestuhl unter den Sonnenschirm und schloss die Augen. Ein Schwarm Bienen summte um die Rosenbüsche herum. Ansonsten war es still. Kein Auto fuhr. Kein Rasenmäher knatterte.

Doch sie selber fand keine Ruhe. Es war noch keine zwei Wochen her, da war die Welt ihrer Freunde noch in Ordnung gewesen und ihre auch.

Ihr fiel ein, dass sie doch mit Lesche Irma reden wollte.

Eine halbe Stunde später stieg sie vor der Eckstraße Nr. 43 aus ihrem Peugeot.

»Tag, Lotte«, grüßte Margot eine Nachbarin von Lesche Irma, die gerade vom Einkaufen kam.

»Tag, Margot. Heiß heut.«

»Jo, aber net heißer als gestern.«

»Vorgestern war's noch heißer.«

»Aber net so heiß wie die vorige Woche.«

»Allé dann, Margot.«

»Jo, du a, Lotte.«

Margot ging die Stufen zur Haustür von Lesche Irma hoch und klingelte. Sie vermisste Irma am Fenster. Normalerweise lehnte Irma immer mit einem Kissen unter den Armen auf der Fensterbank und Margot hoffte, dass ihr Fernbleiben heute eine Ausnahme war. Denn sollte Irma sich auf ihre alten Tage ins Innere ihres Hauses zurückgezogen haben, würde sie wohl kaum Günter zur fraglichen Zeit gesehen haben können.

Lesche Irma war eigentlich eine verheiratete Bachmann und eine geborene Ehrmantraut. Da aber der Name Lesch schon seit mehr als hundertfünfzig Jahren für die Ehrmantrauts benutzt wird, nannte man sie Lesche Irma.

Warum der Name Lesch für die Ehrmantrauts stand, wusste niemand mehr so genau. Eine Theorie besagte, dass ein Vorfahre der Ehrmantrauts zur Fasnachtzeit einen Blieskasteler Polizeidiener namens Loesch nachgeahmt haben soll und von Stund an so genannt wurde. Und da der Name Lesch besser von der Zunge ging, nannte man sämtliche Nachfahren des Spaßvogels so.

Margot klingelte noch mal und rief: »Irma, bist du da?« Sie legte das Ohr an die Tür und lauschte nach drinnen.

»Ist was zu hören? Man wird dich noch für neugierig halten.«

Margot fuhr erschrocken herum. »Jessi! Ich dachte du wärst schon längst auf und davon!«

»Auf und davon? Ich habe doch nichts ausgefressen.« Jessica schob ihre Sonnenbrille in die rotblonden Locken. »Ich war schon hinter Kaiserslautern, da habe ich mir gedacht, dass ich noch mit Lesche Irma reden will. Entschuldige bitte, dass ich zurückgekommen bin, aber dies ist ein freies Land. Man kann kommen und gehen wie und so oft man will.«

»Vor allem du!« Margot drehte sich wieder zur Tür und klingelte zum dritten Mal. »Es wird ihr doch hoffentlich nichts passiert sein?«

Die beiden sahen sich einen Moment fragend an.

Nach einer Weile hörten sie schlurfende Schritte, die sich langsam der Tür näherten.

»Na endlich«, sagte Jessica.

»Irma ist zweiundneunzig, da kann sie nicht mehr so schnell. Nicht jeder rast mal eben so kurz durch drei Bundesländer und wieder zurück.«

»Heute waren es nur zwei.«

Im Schloss wurde ein Schlüssel umständlich zwei Mal umgedreht, dann wurde die Tür einen Spalt geöffnet. »Wer is dann do?«

»Irma, wir sind's, Margot Klaus und Jessica Lück.«

Die Tür öffnete sich ganz und ein runzeliges Gesicht lugte mit zusammengekniffenen Augen nach draußen, wo die beiden jungen Frauen in der Nachmittagssonne standen.

»Irma, du sollst doch immer zuerst fragen, wer da ist, und dann erst aufmachen und nicht umgekehrt.«

»Ach je, ich bring alles durcheinander. Komme erinn.«

Jessica und Margot folgten Irma durch einen langen, schmalen Gang, der durch zwei Kommoden und ein Schuhschränkchen fast zugestellt war, in die Küche. Es roch nach frisch geputztem Linoleum, gemahlenem Kaffee und Bratkartoffeln mit Speck.

Margot schaute aus dem Küchenfenster, vor dem ein Stuhl stand und auf dessen Fensterbank ein Kissen lag. Sie stellte fest, dass man von der Position aus die Straße gut im Auge hatte.

»Setzt euch, ihr Mäde«, forderte Irma die beiden auf.

Jessica und Margot nahmen nebeneinander auf der Eckbank Platz, da die beiden Stühle mit Bügelwäsche belegt waren.

Irma öffnete den Küchenschrank und suchte darin herum. »Jetzt han ich net èmol è Stickche Schokolad für euch. Kenn Schnäkes.«

Jessica begann herzlich zu lachen und Margot knuffte sie in die Seite. Und dann noch ein zweites Mal, bis Jessica endlich zu lachen aufhörte und damit anfing, das Spitzendeckchen auf dem Tisch zu traktieren.

»Irma, ich muss dich etwas fragen.«

Irma schloss die Tür vom Küchenschrank und drehte sich um.

»Froh nur, Margot.«

»Hast du letzten Montag den Günter gesehen, wie er ins Grohbachtal gegangen ist?«

»Euer Freund Günter? Der Dochtermann von Hanauers Elfriede?«

»Ja.«

»Das dumm Ding ist immer noh Humborch zur Kaadeblätsch gefahr, weil sei Bruder, de Michael, domols verschwunn ist. Als ob die Kaadeblätsch sahn kennt, wo er is.«

Jessica spürte eine eiskalte Hand ihren Rücken hochfahren.

Irma nahm den Stapel Bügelwäsche von einem Stuhl und legte ihn auf den anderen obendrauf. Auch ohne statische Berechnung war Jessica klar, dass der Wäscheturm zum Einstürzen verdammt war. Sie beäugte die wackelige Konstruktion misstrauisch.

»Aber noch einmal zurück zu Günter. So um halb sechs am Abend. Hast du ihn da gesehen?«, fragte Margot nach.

Irma schüttelte den Kopf: »Do muss ich überlege.«

»Das war vor drei Tagen.«

»Jo, jo.«

Unterdessen schob Jessica die Wäsche so hin, dass jede Einsturzgefahr ausgeschlossen war.

Irma setzte sich auf den freigeräumten Stuhl, den beiden gegenüber. »Wenn ich jetzt Milch dehemm hätt, könnt ich euch è Kakao mache.«

»Danke, Irma. Aber das ist nicht nötig«, antwortete Jessica.

»Jetzt fallt's ma in! Wannemacherschs Else, die alt Muschtergret, hat mir gesagt, dass de Wolfgang gestorb is, weil die Glocke geleit han. Do draußen uff de Stroß hat's Else gestann un hat's mir gesagt. Zehn Minute später ist de Günter vorbei komm.«

Irma erzählte weiter, dass er es ziemlich eilig gehabt habe, in den Wald zu kommen. Sie habe nach ihm gerufen und er sei bei ihrem Fenster stehen geblieben. Ungeduldig zwar, aber er sei stehen geblieben. Sie hatten über Wolfgang gesprochen.

»War er deprimiert?«, wollte Margot wissen.

»Kann ich net sage, ich fand, dass er arg traurig ausgesehen hat.«

»War er allein?«, fragte Jessica.

»Net so richtig. Der Gäggische war bei ihm, is aber immer ein paar Schritte vor ihm hergelaufen. Und wie de Günter bei mir gestanden hat, hat der bei Burgerschs Zaun gestanden und uns zugeguckt.«

»Wer?«, fragte Jessica.

»Der Gäggische, der so macht, als wär er Pfarrer. Der, der so aussieht wie man sich de Permes vorstellt, nur ohne Hut. So groß und dürr und immer in Schwarz.«

»Weißt du, wen sie meint?«, fragte Jessica und sah Margot Hilfe suchend an.

»Jens Lüders, den Gemeindereferenten.«

»Ein Freund von Alfred?«

»Bestimmt nicht. Dafür ist er zu arrogant und benimmt sich Alfred gegenüber zu anmaßend.«

Sie erhoben sich und auch Irma stand auf.

»Danke, Irma. Du hast uns sehr geholfen.«

»Mach ich doch gern.« Irma ging wieder zu ihrem Küchenschrank und zog eine Schublade heraus. Sie nahm ihren Geldbeutel zur

Hand, öffnete den Schnappverschluss und holte zwei Geldstücke heraus.

»Da könnt ihr euch è Eis kaufe, ihr Mäde«, sie hielt den beiden die Münzen hin.

Margot und Jessica sahen sich an und mussten ein Lachen unterdrücken. »Das machen wir, Irma«, sagte Margot nahm das Geld an.

»Hast du die beiden oder einen von den beiden wieder ins Dorf zurückgehen sehen?«, fragte Jessica noch beim Hinausgehen.

»Nur denne Gäggische, so ungefähr è Stund später odder zwä. Awer net, dass ehr jetzt denke, es Lesche Irma ist è alte Retsch.«

»Nein, bestimmt nicht«, beeilte sich Margot zu sagen.

In dem Moment, als Irma die Haustür öffnen wollte, klingelte es draußen.

»Sah mol, heit bekomm ich mehr Besuch, als sonscht de ganze Monat«, sagte sie, als sie Otto Bender vor der Tür stehen sah, »und ausgerechnet heit, wo ich kein Stickche Schokolad im Haus han.«

»Tag«, grüßte Otto.

Jessica und Margot grüßten zurück.

»Das ist Otto Bender, der mir heute Mittag den Löwenzahn gebracht hat«, flüsterte Margot Jessica zu.

»Der seine Frau verloren hat?«, fragte Jessica leise zurück.

»Verloren ist der passende Ausdruck. Sie wurde nie gefunden. Und Otto fing vor Kummer an zu saufen und hat seinen ganzen Verstand versoffen. Ich glaube, wenn er genau wüsste, dass sie tot ist und er ein Grab hätte, zu dem er gehen könnte, würde es ihm besser gehen. Aber diese Ungewissheit ist grausam.«

Jessica wurde blass. Sie machte einen Schritt zurück und verstolperte sich, fiel fast hin.

Margot fasste sie am Arm. »Was ist denn los mit dir?«

Jessica schüttelte stumm den Kopf und starrte Otto an.

»De Permes hat mei Christa geholt«, schniefte Otto und schnäuzte sich in seinen Hemdzipfel, »und jetzt läuft der Sauhund wieder rum und holt sich die Leut. Weil, es ist nämlich das Pirminiusjahr. Und der Permes ist die dunkle Seite vom Pirminius, so wie der Gemeindereferent die dunkle Seite vom Pfarrer Bubel ist. Ich könnt euch noch viel erzähle, mach ich aber net. Es hat Tote gegeben. Jetzt erst. Ich weiß Bescheid, aber ich sag nix. Wenn ich nix sag, dann bringt er vielleicht mei Christa zurück.«

»Weißt du was, Otto? Wenn du was weißt, sag es!«, befahl ihm Margot streng.

Otto verschränkte die Arme hinter seinem Rücken und machte ein trotziges Gesicht. Er verzog den Mund, als wolle er heulen.

»Armer Bub. Aber verzähl den Mäde doch wenigstens von dem schöne Gedicht, dass ich dir beigebracht han«, versuchte Irma ihn abzulenken.

»Ein anderes Mal«, winkte Margot ab, da sich Jessica kaum noch auf den Beinen halten konnte, doch Otto stellte sich schon in Positur.

»In de Schlofstubb nummero 3 …«

Otto wusste nicht mehr weiter und stand mit offenem Mund da. Ein Speichelfaden hing von seiner Unterlippe.

»… do macht …«, half ihm Irma auf die Sprünge.

»Do macht è Neschtquack groß Geschrei
So rangst kenn Geih
So quietscht kenn Fleet…«

»..so schmettert nur è C-Trombet!«, half Margot ihm ungeduldig weiter. »Irma, Otto, wir müssen jetzt wirklich gehen.«

»So schmettert nur è C-Trombet«, deklamierte Otto ungerührt weiter, während sich Jessica auf die Treppenstufen setzte und Margot fatalistisch Reim um Reim über sich ergehen ließ.

»Die Mamme die war iwwermied
Und heert nix vun dem scheene Lied
De Babbe der wird endlich wach
Un schlaat jo gleich de greschte Krach
Stuppt seiner Fra, die newerm leit
È paar mol grindlich in die Seit
Ja sah mol Gret, bischt du dann daab
Das Kind kreischt sich die Struss ball ab
Do macht die Gret è schebbi Laab
Du Narr, wenn des herscht, dann stells doch ab
Du hascht als Vadder, meiner Seel, so gut wie ich am Kind dei Dähl
Was, hat de Jakob do gesaht, werd so è Kind gedählt, mei Mad
Uff die Art kannsch du misch net teische,
wieh du dei Dähl, ich loss meins kreische.«

Otto war endlich fertig und sah Margot glücklich an.

Jessica, die mit angezogenen Knien auf der Treppe saß und den Kopf in die Armbeugen gelegt hatte, stand auf und ging wie eine

Schlafwandlerin die Treppenstufen hinab.

Margot verabschiedete sich von Irma und Otto und folgte ihr besorgt.

»Ich kann nicht fahren, Margot. Ich lasse mein Auto hier stehen. Kannst du mich fahren?«

»Natürlich. Was ist denn los mit dir? Du siehst aus wie ein Gespenst. Verträgst du die Hitze nicht?«

Jessica lehnte sich gegen Margots Wagen. »Es ist nicht die Hitze.«

»Was denn sonst?«

»Fahr mich bitte zur Polizei, Margot«, murmelte sie erschöpft.

»Zur Polizei? Was willst du denn dort?« Margot strich ihr ein paar Haarsträhnen aus der Stirn. Sie öffnete die Beifahrertür, nahm ein Taschentuch aus dem Handschuhfach und trocknete Jessicas feuchtes Gesicht. »Wir können der Polizei auch telefonisch mitteilen, dass Lüders zusammen mit Günter in den Wald gegangen und allein wieder zurückgekommen ist.«

Jessica schüttelte müde den Kopf. »Darum geht es nicht.«

»Wie du willst. Aber ich fände es besser, wenn du mit zu mir kämst und dich erst ein bisschen hinlegen würdest. Du siehst furchtbar aus.«

Jessica schaute über Margots Schulter. Otto Bender stand noch immer oben auf der Treppe und schaute ihnen grinsend zu.

»Fahr mich zur Polizei, Margot. Ich muss etwas gestehen.«

»Was hast du verbrochen?«, fragte Margot erschrocken. Es kam ihr vor, als hätte ihr jemand den Boden unter den Füßen weggezogen.

»Nichts. Ich habe als Kind etwas beobachtet und im Unterbewusstsein schon viel zu lange mit mir herumgetragen. Einunddreißig Jahre, um genau zu sein. Und einunddreißig Jahre lang habe ich ihn zerstört.«

Jessica deutete matt mit dem Kinn in Ottos Richtung.

-XV-

Saarbrücken, 14. August 2003

Seit über einer Stunde saß Margot nun schon auf der harten Holzbank im Flur des Polizeipräsidiums in Saarbrücken und wartete auf Jessica, die im Büro von Hauptkommissar Andreas Feuerstein ihr Geständnis ablegte. Feuerstein war ein Bierbacher, der jetzt in Saarbrücken lebte, und die beiden kannten ihn gut.

Margot wusste nicht, was Jessica ihm gerade mitteilte. Auf der Fahrt zum Polizeipräsidium hatte sie eisern geschwiegen und eine Zigarette nach der anderen geraucht. Margot hatte sie nur ab und zu besorgt von der Seite betrachtet und war nicht weiter in sie gedrungen. Aber dass es irgendetwas mit Christa und Otto Bender zu tun haben musste, war klar.

Otto Bender. Was aus einem Menschen werden kann, dem ein großes Unglück zustößt, sinnierte Margot. Sie versuchte sich an den Otto Bender aus ihrer Kinderzeit zu erinnern. Da war er groß, stark und mutig gewesen, so wie man sich als Kind einen Feuerwehrmann eben vorstellt. Jetzt war er ein Wrack. Körperlich und seelisch.

Am Anfang des Flurs ging die Schwingtür auf und zwei Uniformierte führten einen glatzköpfigen Mann den Flur entlang. Ihre Schritte hallten von den kahlen Wänden zurück. Als die drei an Margot vorbei kamen, sah sie, dass der Glatzkopf mit Handschellen gefesselt war.

Wenn Jessi mit Handschellen aus Feuersteins Büro herausgeführt wird, bekomme ich einen Schreikrampf … Margot warf den Kopf in den Nacken und atmete tief durch. Was immer sie auch getan hatte, so schlimm konnte es unmöglich gewesen sein. Jessi war doch keine Kriminelle. Sie war vielleicht ein bisschen verrückt, ein bisschen eigensinnig, aber doch nicht kriminell. Und dann war es vor einunddreißig Jahren …

Sie sprang wie elektrisiert auf.

Was immer Jessi auch getan haben mochte, wenn es vor einunddreißig Jahren geschehen war, dann war sie noch ein Kind gewesen und nicht strafmündig.

Margot war froh, dass ihr das eingefallen war, und sie setzte sich einigermaßen beruhigt auf die Holzbank zurück.

Ein weiteres Rätsel gab ihr die Verbindung zwischen Lüders und Günter auf. Sie war sicher, dass Günter nie mit Lüders in den Wald gegangen wäre. Er konnte ihn nicht leiden. Niemand in Bierbach konnte ihn ausstehen.

Damit würde sich jetzt Feuerstein befassen müssen, dafür war er Hauptkommissar. Und als alter Bierbacher, der alle Leute im Dorf kannte, war er für diese Aufgabe bestens geeignet.

Sie würde sich um Jessica kümmern, das war ihr jetzt wichtiger. Und wenn sie ehrlich sein sollte, freute sie sich darauf.

Seit sie Kinder waren, gab es zwischen ihnen diese Spannung. Und es hatte lange gedauert, bis Margot sich darüber im Klaren gewesen war, welcher Art diese Spannung war. Doch da war sie schon eine Weile verheiratet und Jessica auf und davon. Inzwischen war Margot geschieden, und Jessica lebte ihr Leben, und offensichtlich nicht einmal schlecht.

Aber mein Leben ist auch nicht schlecht, dachte Margot. Sie hatte es sich in einem Leben als Single eingerichtet und fühlte sich wohl. Nein, das stimmte nicht ganz. Es gab kaum einen Tag, an dem sie nicht an Jessica dachte. Kein Erlebnis, bei dem sie sich nicht gewünscht hätte, sie könne es mit ihr teilen. Egal, wie sie es drehte und wendete, Jessica war immer in ihren Gedanken.

Die Tür von Feuersteins Büro ging auf und er kam im Sturmschritt heraus. Als er Margot sah, blieb er abrupt stehen.

»Immer noch da, Margot? Du hast doch deine Aussage schon gemacht.«

»Wie lange wird es denn noch dauern?«

»Bis wir Günter gefunden haben? Keine Ahnung. Aber bestimmt kann uns Jens Lüders weiterhelfen. Ich werde ihm heute noch kräftig auf den Zahn fühlen. Gut, dass du mir das gesagt hast. Aber Irma bekommt was zu hören, dass sie der Polizei wichtige Informationen vorenthalten hat.«

»Irma ist zweiundneunzig, Andreas, mäßige dich. Ich meinte eigentlich, wie lange es noch mit Jessica dauert.«

»Wartest du auf sie?« Andreas Feuerstein schien erstaunt.

»Ja. Ich habe sie hergefahren und nehme sie wieder mit zurück.«

»Jessica ist schon weg.«

»Was?«

»Schon seit einer Viertelstunde. Durch die andere Tür. Da kommt man direkt ins Treppenhaus.«

»Sie ist abgehauen?« Margot war aufgesprungen. Keine Strafe schien ihr in diesem Augenblick hart genug für Jessica, ob sie vor einunddreißig Jahren ein Kind gewesen war oder nicht – Ketten und Kerker, Wasser und trocken Brot, das war das Mindeste.

»Nein.« Feuerstein lachte. »Ich habe sie gehen lassen. Aber sie muss sich zu meiner Verfügung halten. Wird sie auch tun, denn ich glaube, sie hat verstanden, dass man mit mir keine Spielchen spielt.« Feuerstein holte tief Luft und blähte seinen Brustkorb auf. »Und wenn wir bei der Kanzel keine Leiche finden, dann Gnade ihr Gott.« Feuerstein atmete aus.

Margot stand mit offenem Mund da, dann schloss sie ihn und schluckte trocken. »Keine was?«

Obwohl sie damit gerechnet hatte, kam ihr die Situation jetzt absurd vor. Und das Wort Leiche klang so fremd in ihren Ohren, als wäre es chinesisch.

»Muss ich dir nicht sagen, Margot, aber ich tue es trotzdem. In ein paar Stunden weiß es sowieso ganz Bierbach. Jessica behauptet, sie wisse, wo die Leiche von Christa Bender vergraben ist.«

»Wo?«

»In dem Waldstück oberhalb der Kanzel. Sozusagen über der Kanzel.«

»Woher weiß Jessica das?«

Feuerstein grinste. Es gefiel ihm, dass Margot so verdattert vor ihm stand. Denn sie war eine von denen, die gelacht hatten, als er sagte, er wolle Kriminalkommissar werden. Und nun schaute er ihr hinterher, wie sie schäumend vor Wut den Flur entlang zum Ausgang rannte.

»Mit der möchte ich mich nicht anlegen«, brummte er, als er sein Büro wieder betrat.

Seine Assistentin Cornelia Markowitz saß auf ihrem Schreibtisch und las Jessicas unglaubliches Geständnis.

Er nahm sein Schulterhalfter mit der Dienstpistole von der Garderobe und zog es hektisch an. »Und was ist mit Ihnen? Brauchen Sie eine Extraeinladung? Wir müssten schon längst in Bierbach sein.«

Hoffentlich schießt er sich nicht wieder in den Fuß, dachte Kriminalassistentin Markowitz und legte das Vernehmungsprotokoll, das Jessica mit ihrer Unterschrift bestätigt hatte, in ihre Schreibtischschublade. »Bierbach, du lieber Himmel! Ist das überhaupt auf irgendeiner Landkarte verzeichnet? Was ist das für ein Kaff? Ich habe noch nie …«

Feuerstein runzelte verärgert die Stirn. »Auf geht's, Markowitz! Wenn Christa Bender tatsächlich oberhalb der Kanzel begraben liegt, gehen wir auf Geisterjagd.«

»Meinen Sie diesen ominösen Permes?« Kriminalassistentin Markowitz deutete auf ihre Schreibtischschublade. »Ist das ein echter Geist oder nur ein *dirty old man*, der Frauen und Kinder erschreckt?«

»Wenn Jessica Recht hat, ist er, egal was er sonst noch ist, ein Mörder. Auf! Auf!« Feuerstein fuchtelte ungeduldig mit der Hand. »Ein Mörder, der noch leben kann, wenn der Mord vor einunddreißig Jahren passiert ist!«

Markowitz versuchte, neben Feuerstein den Flur entlangzugehen. Das war nicht einfach. Wenn er einen Schritt machte, musste sie zwei machen. »Wie alt wird der Mörder heute sein? Fünfzig oder sechzig? Was meinen Sie, Chef? Der typische Mörder ist zwischen zwanzig und dreißig.«

»Quatsch! Mörder gibt es in jedem Alter. Ich kann mich noch gut daran erinnern, als Christa Bender verschwunden ist. Es hat ziemlichen Wirbel verursacht, damals. Aber irgendwann hat kein Mensch mehr darüber geredet.«

»Kollektiver Gedächtnisschwund?«

»Kann sein. Kann aber auch nicht sein. Nein! Kann nicht sein. Verdammt – Markowitz, das ist doch keine Science-fiction.«

»Aber irgendetwas muss doch vermutet worden sein. Kein Mensch verschwindet einfach so.« Markowitz fiel Günter Strobel ein. Auch er war einfach so verschwunden. »Aber vielleicht ist in Bierbach ja alles anders als im Rest der Welt«, fügte sie spöttisch hinzu. Inzwischen waren sie auf dem Parkplatz angekommen und Markowitz sah sich suchend nach dem Auto um.

»Manche haben auch gesagt, sie wäre mit einem Mann auf und davon«, bemerkte Feuerstein und dachte an seine Frau, die vor zwei Jahren mit dem Chef der *La Strada,* ihrer Stamm-Pizzeria, durchgebrannt war.

»Soll auch vorkommen«, sagte Markowitz. Sie hatte das Auto entdeckt und steuerte darauf zu.

»Vielleicht sogar mit dem Weber Herbert, der zwei Jahre vor ihr verschwunden ist. Wer weiß schon, was in so einem Frauenhirn vorgeht?«

Markowitz drehte sich zu ihm um. Manchmal konnte sie den Gedankengängen ihres Chefs einfach nicht folgen.

Feuerstein blieb stehen und kratzte sich nachdenklich am Kopf.

»Legen Sie eine Idee frei, Chef?«

»Vielleicht war der Mörder von Christa Bender ein Kind.«

»Ein Kind, das uns jetzt, einunddreißig Jahre später, weismachen will, dass es den Mörder damals beobachtet hat?«

Feuerstein nickte anerkennend. »Gar nicht so dumm, Markowitz, gar nicht so dumm.« Wobei er mehr sich selber als seine Assistentin meinte.

»Aber warum sollte sie uns das jetzt sagen?«

»Das Gewissen, Markowitz. Jeder Mensch hat ein Gewissen.«

-XVI-

Bierbach, 14. August 2003

Jessica stand am Fenster von Alfreds Arbeitszimmer und schaute auf das hell erleuchtete Bierbach. In jedem Haus brannte Licht. Obwohl die Bewohner scharenweise zum Grohbachtal hinaufgingen oder fuhren, hatten sie doch ihre Häuser illuminiert, aus Angst, sie könnten bei ihrer Rückkehr den Dämon des Waldes vorfinden.

Zwei Polizeihubschrauber mit Suchscheinwerfern kreisten über dem Dorf und machten einen Höllenlärm. Auch das Grohbachtal lag in gleißendem Scheinwerferlicht.

In der einen Hand hielt Jessica ein Glas Whisky, in der anderen eine halb gerauchte Zigarette. »Die Vergangenheit holt einen immer wieder ein«, presste sie hervor, ohne sich umzudrehen.

Alfred schenkte sich nach. »Die Wahrheit holt einen ein. Und das kann auch eine Befreiung sein. Warum hast du dich mir nie anvertraut?«, fragte er. »Bin ich dir ein so schlechter Freund gewesen?«

»Ach, Alfred.« Jessica drehte sich zu ihm um. Tränen stiegen ihr in die Augen und kullerten die Wangen hinab. Verärgert wischte sie sie weg.

Damals hatte sie es ja jemandem sagen wollen, als sie nachts aus dem Grohbachtal zurückgeradelt war und ihr schien, es wäre der Leibhaftige hinter ihr her. Aber Margot hatte schon geschlafen. Wieder und wieder hatte sie kleine Steinchen an ihr Fenster geworfen, doch Margot war nicht aufgewacht.

In dieser Nacht hatte sie sich nichts sehnlicher gewünscht, als über das, was sie gerade beobachtet hatte, mit jemandem reden zu können. Aber nicht mit einem Erwachsenen. Die hätten ihr bestimmt nicht geglaubt, dass sie den Permes gesehen hatte und hätten sie nur ausgeschimpft, dass sie sich so spät nachts noch im Wald herumtrieb.

Nachdem sie Margot nicht aufwecken konnte, war sie weiter zu Alfred gefahren. Alfred war schon nach dem zweiten Steinchen ans Fenster gekommen. Sie hatte gestammelt und Andeutungen gemacht, und hatte irgendwie gehofft, dass er ihre Gedanken erraten könne. Aber er konnte es nicht. Und sie konnte plötzlich nicht mehr darüber sprechen. Und mit jeder Sekunde weniger.

Und aus Sekunden waren Minuten, aus Minuten Stunden und am Ende waren es einunddreißig Jahre geworden.

Sie hätte vermutlich bis an ihr Lebensende geschwiegen, wäre sie nicht Otto Bender begegnet. Diesem Wrack von einem Menschen, dem das mysteriöse Verschwinden seiner Frau und die Ungewissheit den Verstand geraubt hatten.

»Ich habe ihm das angetan!« Sie drückte ihre Zigarette aus, als wolle sie sie zerquetschen.

Alfred sah sie überrascht an. »Wem hast du was angetan?«

»Dem Otto. Dass er heute so verrückt ist, dass er herumläuft und Kindergedichte rezitiert, ist meine Schuld.« Sie machte eine verzweifelte Geste.

Alfred trat zu Jessica ans Fenster und nahm sie in den Arm. »Nein, Jessica. Schuld hat allein Christas Mörder.«

»Und wer ist jetzt ihr Mörder? Damals dachte ich, es sei der Permes gewesen. Heute weiß ich, dass es ihn nicht gibt.« Sie machte sich von Alfred los, ließ sich auf seinen Bürostuhl fallen und legte frustriert und etwas provokativ die Füße auf den Schreibtisch.

»Wir müssen uns jetzt einfach gedulden, was Feuerstein und seine Leute herausfinden. Und du, höre auf, dich zu ängstigen wie ein Kind. Das Böse kann dir nichts tun, wenn du an das Gute glaubst. Wenn du Gott in seiner unendlichen Güte in dein Herz lässt.«

Sie machte eine ungeduldige Bewegung mit den Schultern, als wolle sie ein unangenehmes Gefühl abschütteln, und nahm ihre Füße vom Schreibtisch. »Red nicht so einen heiligen Mist. Du weißt, das kommt bei mir nicht an.«

Alfred lächelte milde.

»Und grinse nicht so scheinheilig. Ich bin weder schwach noch schwachsinnig.«

»Aber ganz schön verunsichert und durcheinander. Was angesichts der Geschehnisse ja auch kein Wunder ist. Aber lasse deine Gefühle doch zu …«

»Idiot!«

»… anstatt wütend zu werden, weil du ein schlechtes Gewissen hast. Gott weiß, dass dich keine Schuld trifft.«

»Schuld. Gott. Beweise mir, dass es einen Gott gibt, Alfred.«

Alfred setzte sich ihr gegenüber auf den Besucherstuhl. »Beweise mir, dass es keinen gibt. Schau dich um, schau dir die Erde in all ihrer Schönheit und Vielfalt an.« Er deutete mit ausgestrecktem Arm zum Fenster. »Schau dir diesen Sternenhimmel an. Und dann sage mir, dass das alles Zufall sein soll.«

»Die Wissenschaft hat ganz andere Erklärungen. Die Urknall-Theorie zum Beispiel.«

»Und wer hat den Urknall ausgelöst? Und was war vor dem Urknall?« Er beugte sich vor und sah sie herausfordernd an.

»Der heilige Geist?« Jessica schnaubte verächtlich.

Alfred nickte. »Die Wissenschaft in all ihrer Rationalität hat bewiesen, dass selbst die kleinste Abweichung in der Gravitation oder die kleinste Abweichung bei der Anzahl der Atome genügt hätte, und das Wunder des Lebens hätte es nie gegeben. Die Chancen standen eins zu Abermillionen. Und jetzt frage ich dich, Jessica, ist es rein mathematisch so viel logischer, an den Zufall zu glauben als an Gott? Ist denn eine Wahrscheinlichkeitsrechnung, die gegen null tendiert, so viel logischer als *Am Anfang schuf Gott Himmel und Erde*?«

»Pfarrer Alfred, sei mir nicht böse, aber bei diesem Thema werden wir nie einer Meinung sein.«

Sie lächelten sich an, wohl wissend, dass bis jetzt alle ihre weltanschaulichen Diskussionen so geendet hatten, und es ihrer Freundschaft trotzdem keinen Abbruch getan hatte.

»Sollten wir uns jetzt nicht auch langsam auf den Weg ins Grohbachtal machen?«, fragte sie und stand auf. »Ich denke, wir sollten dabei sein.«

»Um Gottes Willen, ja!«

Er eilte zur Garderobe, warf seine schwarze Soutane über, die ihm Frau Vatermann zu diesem Anlass bereits herausgehängt hatte, setzte das Tonsurkäppchen auf und hängte sich das handgroße, aus Akazienholz geschnitzte Kreuz um. Dann lief er noch einmal zurück zum Schreibtisch und nahm das kostbare, in Leder gebundene Brevier an sich, das er von seinen Eltern zur Priesterweihe geschenkt bekommen hatte.

»Heute in voller Montur?«, bemerkte Jessica frech.

Er sah sie strafend an. »Ein kleines bisschen mehr Respekt vor der Würde meines Amtes würde auch dir gut anstehen, Jessica.«

»Entschuldigung, Hochwürden! Aber passt auf, dass Ihr nicht

über Euren Rocksaum stolpert, sonst ist es mit der Würde schnell vorbei.«

»Darauf zu antworten wäre unter meiner Würde.«

Es war ein ungleiches Paar, das schließlich aus dem Pfarrhaus trat. Ein korpulenter Priester in vollem Ornat und eine schlanke, rothaarige Frau in Jeans und einem zerknitterten T-Shirt.

Ein Auto kam die Hügelstraße hochgerast und bog auf den Kirchenvorplatz ein. Als der Lichtkegel Jessica und Alfred erfasste, blendeten die Scheinwerfer kurz auf, das Auto machte eine Vollbremsung und kam mit quietschenden Reifen einen halben Meter vor den beiden zum Stehen. Die Fahrertür des Peugeot ging auf und Margot sprang heraus.

»Hast du mich erschreckt«, sagte Alfred.

Margot winkte genervt ab und ging auf Jessica los. »Was denkst du dir eigentlich, mich im Polizeipräsidium einfach sitzen zu lassen?«, schimpfte sie. Ihre Stimme kippte fast über. »Denkst du überhaupt irgendetwas?«

»Tut mir Leid, Margot. Ich wollte einfach nur weg. Und da habe ich mir ein Taxi genommen.«

»Du wolltest einfach nur weg? Hast du gedacht, du müsstest mit mir den Rest deines Lebens in Saarbrücken im Flur des Polizeipräsidiums verbringen?«

»Beruhige dich doch, Margot«, mischte sich Alfred ein, »du schreckst ja alle Nachbarn auf.«

»Quatsch! Ganz Bierbach ist auf den Beinen und versammelt sich im Grohbachtal, wo jeden Moment eine Leiche ausgegraben werden soll.«

»Es tut mir wirklich Leid, Margot. Ich weiß auch nicht, was ich mir dabei gedacht habe.« Jessica machte ein schuldbewusstes Gesicht.

»Es tut dir Leid. Na bravo. Wenigstens etwas.«

»Darf ich dich um einen Gefallen bitten, Margot?« Jessica sah ihre Freundin bittend an.

»Du hast vielleicht Nerven!«

»Wärst du so nett und würdest uns ins Grohbachtal fahren? Wir sind schon spät dran und mein Auto steht noch bei Lesche Irma vorm Haus.«

Margot zog die Augenbrauen hoch und betrachtete Jessica eine

Weile stumm.

»Margot, bitte«, sagte Alfred.

»Also gut, aber nur, weil du es bist und der Anlass wichtig zu sein scheint, so wie du gewandet bist«, gab sich Margot versöhnlich.

Jessica legte einen Arm um Margots Schulter, zog sie ein bisschen zu sich heran und küsste sie auf die Wange. »Du bist halt ein Schatz.«

-XVII-

Bierbach, 14./15. August 2003

In der Pfalzstraße parkten mehrere Feuerwehrautos. Die gesamte Eckstraße hoch reihte sich Fahrzeug an Fahrzeug. Im Käsehof standen ein Leichenwagen und ein Krankenwagen vom Roten Kreuz. Die Männer standen einsatzbereit bei ihren Fahrzeugen und sprachen aufgeregt miteinander oder in ihre Walkie-Talkies.

Margot, Jessica und Alfred staunten nicht schlecht, was Feuerstein da alles in Bewegung gesetzt hatte. Schließlich ging es doch nur um die Bergung einer seit einunddreißig Jahren im Waldboden versteckten Leiche.

Hupend bahnte sich Margot ihren Weg durch die Menschenmenge. Die meisten waren aus Bierbach und ihr bekannt.

Alle paar Minuten flogen die Polizeihubschrauber tiefer und beleuchteten die ins Grohbachtal ziehenden Menschen, die nicht wussten, ob sie sich lieber die Augen oder die Ohren zuhalten sollten.

Da es aussichtslos schien, auf dem Parkplatz nahe der Kanzel das Auto abstellen zu wollen, parkte Margot bei Lesche Irmas Haus, hinter Jessicas BMW. »Die letzten paar Meter müssen wir zu Fuß gehen«, sagte sie zu ihren beiden Mitfahrern und schlug die Autotür zu.

»Paar Meter? Das ist bestimmt noch ein halber Kilometer bis zur Kanzel«, stöhnte Alfred.

Jessica stand nachdenklich vor ihrem Auto.

Ich wette, wenn sie nicht als Zeugin hier bleiben müsste, würde sie jetzt einsteigen und davonrasen, dachte Margot.

»Wer liegt denn da obe?«, rief Lesche Irma von ihrem Platz am Fenster gegen den gewaltigen Motorenlärm der Hubschrauber an.

»Es Bender Christa«, rief Margot zurück.

»Ich dachte, man hat Günter da oben gefunden.« Der Ortsvorsteher Venne Georg hatte zu Margot aufgeholt.

»Günter? Nein, davon weiß ich nichts«, antwortete Margot. »Ich weiß nur, dass man die Leiche von Christa oberhalb der Kanzel gefunden hat.«

»Eine Unverschämtheit, dass ich bei so was nicht zuerst informiert werde«, schnaubte er und bahnte sich seinen Weg durch die Menschenmenge.

Margot sah sich nach Jessica und Alfred um.

»Der Pfarrer Bubel ist schon weiter zur Kanzel«, schrie Rippergers Gisela, der Margots suchender Blick aufgefallen war, mit heiserer Stimme. »Und das Rothaarige sitzt dort in seinem Auto.«

Margot ging auf Jessicas Auto zu, und die drei Weber-Brüder, die wild gestikulierend und disputierend davor standen, stoben wie ertappt auseinander.

»Jessica!«, schrie Margot, zum einen wegen des Lärms, zum anderen, weil sie wieder wütend war.

Jessica, die in ihrem Handschuhfach kramte, drehte sich zu ihr um. »Was ist denn? Warum schreist du so?«

»Von mir aus kannst du verschwinden. Jetzt gleich. Und du brauchst dich hier nie wieder blicken zu lassen. Aber Feuerstein will dich bestimmt noch einmal verhören. Und aus diesem Grund, und wirklich nur aus diesem Grund, solltest du hier bleiben.« Margot war zum Heulen zu Mute.

»Was redest du denn, Margot? Ich suche nur meinen Zeichenblock. Aber hier ist er nicht. Dann muss ich ihn wohl im Hotel vergessen haben.«

»Wozu brauchst du deinen Zeichenblock?«, fragte Margot und war mit einem Schlag erleichtert.

»Ich kann mit Worten so schwer erklären, was ich damals gesehen habe. Aber ich kann es zeichnen. Aber ohne Block geht gar nichts.« Sie schloss das Handschuhfach, stieg aus und lächelte Margot zu. »Du musst keine Angst haben, ich fahre schon nicht weg.«

Margot schaute verlegen auf den Boden.

»Ich fahre erst weg, wenn hier alles erledigt ist. Aber jetzt komm, lass uns zur Kanzel hochgehen.«

Margot und Jessica gingen schnell an den letzten Häusern der Eckstraße vorbei. Beim Wasserhaus, von dem aus Bierbach bis in die siebziger Jahre hinein mit Trinkwasser versorgt worden war, standen die ersten Scheinwerfer und tauchten die Straße in Flutlicht.

»Findest du nicht, dass Feuerstein ein wenig übertreibt?«, fragte Jessica.

»Ein wenig? Ich glaube, er hat vollkommen den Verstand verloren. Wie es aussieht, hat er das ganze Dorf in einen Ausnahmezustand versetzt.«

Auch auf dem Waldparkplatz standen Polizeiautos, Zivilfahrzeuge und ein zweiter Leichenwagen sowie ein Übertragungswagen vom Saarländischen Rundfunk. Die Menschenmenge wurde zusehends dichter. Es war kaum noch ein Durchkommen möglich, und Jessica nahm Margot an die Hand, um sie nicht zu verlieren.

Ungefähr dreißig Meter weiter hatte die Polizei eine Absperrung, wie man sie von Autobahnbaustellen her kannte, aufgebaut. Sie wurde von zwei jungen Polizisten in Uniform bewacht. Der eine war aus Schwarzenacker und der andere aus Lautzkirchen. Ein greller Scheinwerfer war genau auf sie gerichtet, so dass jeder Pickel in ihren jungen Gesichtern zu sehen war.

Die Absperrung war für die Schaulustigen eigentlich das Ende. Aber Georg Venn wollte sich nicht daran halten und tobte mit einem der beiden jungen Polizisten, der offenbar nicht wusste, wie er reagieren sollte, lautstark herum. Schließlich kapitulierte der und nahm sein Handy in die Hand. Nachdem er kurz das Problem geschildert hatte, nickte er und ließ den Ortsvorsteher durch.

Venn winkte die Mitglieder des Bierbacher Ortsrates herbei, die ihm jetzt geschlossen zur Kanzel folgten.

Margot und Jessica machten seinem Kollegen klar, dass sie wichtige Zeugen wären und Hauptkommissar Feuerstein ihre Anwesenheit unbedingt wünsche. Bei dem Namen Feuerstein sah er fragend seinen Kameraden an. Nach kurzem Nachfragen mit dem Handy durften auch sie passieren.

Während Margot und Jessica schon die letzten Meter zur Kanzel gingen, kämpften weitere Bierbacher um Durchlass, denn sie sahen nicht ein, warum die einen hoch durften und die anderen nicht. Es war nur noch eine Frage von Minuten, bis die Absperrung durchbrochen und die Menge zur Kanzel hochstürmen würde. Der Lautzkirchener und der Schwarzenackerer verloren langsam jegliche Kontrolle. Gegen mehrere Hundert Bierbacher kamen sie nicht an, und da nützte auch kein Handy mehr.

Der einzig ruhende Pol in all der Aufregung war der Grohbach, der still und gleichmäßig in seinem Bett neben der Straße dahinfloss. Der Bach stimmte Jessica romantisch und sie legte ihren Arm um Margots Taille. Zog sie an sich. Margot ließ es geschehen, und ein paar Schritte gingen sie miteinander, als wären sie ein Liebespaar.

Der Lärm der Hubschrauber wurde etwas leiser, da sie gerade eine Schleife über das Bliestal drehten. Eine Unterhaltung in normaler Lautstärke wäre nun möglich gewesen, aber sie redeten nicht, vielleicht um die Stimmung nicht zu zerstören. Am Fuße der Kanzel ließen sie sich los.

Die Szenerie war unwirklich.

Scheinwerfer an Scheinwerfer. Ein Kamerateam des SR stand zwischen der Kneippanlage und der Kanzel und nahm alles auf, was irgendwie sendefähig schien. Polizisten in Uniform und Beamte der Kripo liefen geschäftig herum, und Mitarbeiter der Spurensicherung und der Gerichtsmedizin standen in ihren Schutzanzügen bereit und warteten auf ihren Einsatz.

Direkt unter der Kanzel saß Feuerstein auf einem Mäuerchen, das im selben Jahr erbaut worden war wie die benachbarte Kneippanlage und eine Quelle zu einem kleinen Teich abgrenzte. Mit zufriedener Miene sah er dem Treiben um sich herum zu, das er so trefflich inszeniert hatte. Endlich konnte er beweisen, wozu er, Hauptkommissar Andreas Feuerstein aus dem Serrstrang, in der Lage war. Seine Jacke hatte er ausgezogen und neben sich gelegt, so dass jeder sein Pistolenhalfter gut sehen konnte.

Kriminalassistentin Markowitz unterbrach seinen Gedankengang mit dem Handy in der Hand. »Der Herr Polizeipräsident ist dran, Chef.« Sie übergab ihm das Handy und zog sich klugerweise zurück.

»Hier Hauptkommissar Feuerstein, Herr Polizeipräsident!« Seine Miene wurde Sekunde für Sekunde finsterer und sein Gesicht wechselte die Farbe von rot zu weiß und umgekehrt. »Natürlich. Gute Nacht, Herr Polizeipräsident.«

Er schaltete das Handy aus und rief: »Markowitz!«

Seine Assistentin kam langsam auf ihn zu. »Was gibt es, Chef?«

»Sorgen Sie dafür, dass die Hubschrauber verschwinden. Der Polizeipräsident hat sich eben beschwert. Er kann nicht schlafen.« Feuerstein lachte verächtlich, doch sein Lachen kam etwas gequält.

»Wo wohnt er denn?«

»Das geht zwar keinen etwas an, aber ich sage es Ihnen trotzdem. In Webenheim.«

Inzwischen war die Mehrzahl der Bierbacher an der Kanzel angekommen und stand erwartungsvoll herum. Die eingeschalteten Scheinwerfer warfen bizarre Schatten.

»Wieso sind die nicht hinter der Absperrung?«, polterte Feuerstein. »Ich sollte euch alle persönlich vom Fleck weg verhaften und einsperren.«

Georg Venn löste sich von seinen Ortsratsmitgliedern und trat auf Feuerstein zu. Für einen Moment standen sich die beiden Großcousins mit leicht gesenkten Köpfen gegenüber.

»Was fällt dir ein, meine Leute einsperren zu wollen? Sorg du lieber dafür, dass keine Mörder frei herumlaufen, du Angeber«, schimpfte Venn, die nächste Kommunalwahl vor Augen.

»Das ist Beamtenbeleidigung«, schimpfte Feuerstein zurück. Seine rechte Hand fuhr in Richtung Pistole. Mitten auf dem Weg dorthin machte sie über seinem Bauch Halt. Er kratzte sich dort verlegen, bevor er seine Schusshand in der Hosentasche verschwinden ließ, als hätte er nie etwas anderes beabsichtigt.

Markowitz, die die Auseinandersetzung aus einiger Entfernung beobachtet hatte, murmelte: »Hinterwäldler!«

»Wir haben was gefunden!«, rief ein Polizist, der oberhalb der Kanzel zwischen den Bäumen stand und von der Straße her nicht zu sehen war.

Markowitz drehte sich um und kletterte behände die Felsen hoch.

»Was gefunden?«, rief Feuerstein.

»Die Leiche!«, rief der Polizist zurück.

Ein Aufschrei ging durch die Menschenmenge.

Feuerstein nahm die Felsen in Augenschein und fand, es sei nicht mit der Bedeutung seiner Stellung vereinbar, selbst hinaufzuklettern. Vor allem nicht, solange sein verhasster Großcousin ihm zusehen konnte. »Und, was sehen Sie, Markowitz«, fragte er seine Assistentin, die just in diesem Moment an den Abgrund getreten war und auf ihn hinabschaute.

»Chef, wir haben noch eine Leiche gefunden.«

»Zwei Leichen?« Feuerstein drehte den Kopf von Markowitz weg und schaute Jessica vorwurfsvoll an, die inzwischen mit Margot neben ihm stand.

»Und noch eine!«, hörten sie den Polizisten.

»Chef, jetzt sind es drei Leichen.«

Feuerstein durchbohrte jetzt Jessica mit seinem Blick.

»Du brauchst mich gar nicht so anzustarren, Feuerstein. Davon weiß ich nichts«, sagte sie und ärgerte sich, dass er sie für die zusätzlichen Leichenfunde verantwortlich machte. »Und ich bin auch nicht die Mörderin, falls du das denkst.« Jessica wandte sich zu Margot um und sah sie mit gequältem Lächeln an.

»Vier, nein, eben sind sie auf eine fünfte Leiche gestoßen, Chef. Die Leichen liegen dicht an dicht«, meldete sich Markowitz wieder zu Wort.

Feuerstein fasste sich ans Kinn und schüttelte ungläubig den Kopf. »Kommen noch mehr oder ist das jetzt alles?«, rief er zur Kanzel hoch.

»Das scheinen alle zu sein, Chef.«

Die Menschen, die dicht gedrängt unterhalb der Kanzel fassungslos ausgeharrt hatten, waren jetzt nicht mehr zu halten. Ein Tumult brach los, jeder redete aufgeregt mit jedem, und ein Name wurde immer wieder genannt: der Permes.

Alfred ließ die Leute eine Weile gewähren, dann bahnte er sich einen Weg durch die Menge und stellte sich auf das Mäuerchen unterhalb der Kanzel. Er hob Einhalt gebietend die Arme und die Menge verstummte allmählich.

Und während oberhalb der Kanzel die Leichen in ihren Gräbern vermessen, fotografiert und geborgen wurden, betete Alfred mit der Gemeinde zusammen das Vaterunser.

Jessica sah ihn erstaunt und ein bisschen bewundernd an. Die Aura, die in dem Augenblick von ihm ausging, als er die Hände faltete und Gott anrief, und die, wie sie annahm, von seinem starken Glauben kam, berührte auch ihre Atheistenseele.

Er betete mit schöner, kräftiger Stimme für die Lebenden und die Toten, die oberhalb der Kanzel so lange in ungeweihter Erde gelegen hatten. Und er betete für die Seele des Mörders, der diesen Menschen und ihren Angehörigen so viel Leid angetan hatte.

Frau Vatermann und Daniela Westphal stimmten *Großer Gott wir loben dich* an, und nach der ersten Zeile sangen alle, die den Text kannten, mit.

Der Morgen dämmerte schon herauf, als nach und nach die fünf dunkelgrauen Plastiksäcke mit den Leichen vorsichtig von der Kanzel heruntergereicht und anschließend in die Pathologie nach Homburg gefahren wurden.

»Gucke mol do, de Permes!«, rief Krause Angelika und deutete zur Kanzel hoch. Sie hatte die schwarze Gestalt zuerst gesehen.

Ein Raunen ging durch die Menge. Oberhalb der Kanzel stand Jens Lüders und schaute auf die Bierbacher herab.

Pirmin Bubel begann zu taumeln, fing sich aber schnell wieder und hob abwehrend die Hände.

»Runter! Kommen Sie sofort da runter!«, befahl Feuerstein und wischte sich den Schweiß von der Stirn. »Markowitz! Wer ist das? Und wie ist der Kerl da hinaufgekommen?«, rief er seiner Assistentin zu, die neben Lüders am Abhang erschienen war.

»Jens Lüders, der Gemeindereferent!«, rief sie zurück.

»Bringen Sie ihn da runter, Markowitz! Ich habe mit ihm zu reden.«

Torsten Ungerbühler, Feuersteins zweiter Assistent, fuhr mit einem Suchscheinwerfer den Felsen hoch. Als er oben ankam, zogen sich die Schatten von Markowitz und Lüders langsam in die Länge und krochen die Bäume hoch.

-XVIII-

Bierbach, 15. August 2003

Margot hatte Alfred am Pfarrhaus abgesetzt und war anschließend mit Jessica nach Hause gefahren. Sie war erschöpft, aber an Schlaf war nicht zu denken.

Fünf Leichen hatte man oberhalb der Kanzel gefunden, und sie war noch immer wie betäubt von der unwirklichen Szenerie im Wald. Wie in einem Kriminalstück auf einer Freilichtbühne war es ihr vorgekommen, mit den vielen Scheinwerfern, den aufgeregten und staunenden Zuschauern und den Kriminaltechnikern als Akteure in ihren Ganzkörperanzügen und den Leichensäcken als Requisite.

Sie erschauderte und schloss den Reißverschluss ihres Sweatshirts bis zum Hals.

Da Jessica fest schlief, wäre sie gern zu Sylvia hinübergegangen, um ein bisschen über alles zu reden, was in den letzten Tagen auf sie eingestürmt war, aber da es erst sechs Uhr morgens war, verwarf sie den Gedanken.

Sie hatte Sylvia in der Nacht ebenfalls an der Kanzel gesehen. Auch Birgit, die einen geistesabwesenden Eindruck auf sie gemacht und kaum gegrüßt hatte, und Hannelore mit ihrem Sohn Falk. Dass Sylvia und Hannelore nicht beieinander gestanden hatten, war kein gutes Zeichen.

Plötzlich fielen ihr wieder Günter und Wolfgang ein. Wo war Günter? Und war Wolfgang vielleicht wirklich umgebracht worden? Von Günter? Wegen zwanzigtausend Euro? Was hatte es mit diesem Schuldschein auf sich? War er echt? Auch diese Gedanken ließen sie seit gestern nicht mehr los.

Sie schaltete die Kaffeemaschine ein und setzte sich mit der Saarbrücker Zeitung an den Küchentisch. Sie schlug sie auf und wieder zu. Lesen konnte sie jetzt auch nicht.

Wieso lagen so viele Leichen im Wald, und alle an demselben Ort? Wer hatte diese Menschen umgebracht und wer waren sie?

Margot sah das Gesicht von Otto wieder vor sich, wie er heute Morgen den Leichensack umarmt hatte, in dem die Überreste von seiner Christa lagen. »Endlich bist du wieder daheim«, hatte er unter Tränen gestammelt.

Es war allerhöchste Zeit, dass du mit der Wahrheit herausgerückt bis, Jessi, dachte Margot. Ottos Verzweiflung würde ein Ende haben. Alfred würde Christa beerdigen und Otto hätte einen Platz zum Trauern.

»Warum hast du mir nie etwas gesagt?«, flüsterte sie und legte die Zeitung beiseite.

Sie stand auf und trat zur Küchentür. Angestrengt lauschte sie ins Treppenhaus. Die Tür zum Gästezimmer im ersten Stock stand offen, und sie konnte Jessicas gleichmäßiges Atmen hören. Wenn sie ehrlich war, musste sie zugeben, dass nicht die fünf Leichen sie um den Schlaf brachten, sondern Jessica.

Sie erinnerte sich an Jessicas Umarmung im Grohbachtal und ihren flüchtigen Kuss auf dem Kirchenvorplatz. Ein fatalistisches Lächeln umspielte ihre Lippen.

Ich mache mir Gott weiß was für Gedanken und für Jessica ist das eine ganz normale Sache. Was weiß ich, mit wem sie lebt? Mit wem sie ihre Nächte verbringt? Sie schläft selig wie ein Baby, während ich keine Ruhe finde. Das zeigt doch deutlich, dass es für sie nichts ...Margot suchte nach dem passenden Wort ... Besonderes war.

Nichts Besonderes war für Margot ihre Ehe gewesen. Sie hatte ihren Mann gemocht, am Anfang hatte sie auch ein Gefühl von Verliebtsein gespürt. Aber eigentlich hatte von Anfang an immer etwas gefehlt, wenn sie auch lange nicht wusste, was es war.

Der Gedanke an ihn hatte sie nie umgetrieben. Er war da, und als sie sich getrennt hatten, war er eben nicht mehr da. Sie hatten sich in beiderseitigem Einverständnis getrennt, und es waren keine bösen Worte gefallen. Sie hatte das Haus in der Bühlstraße behalten und er war nach Saarlouis gezogen, wo er kurz danach seine zweite Frau kennen gelernt hatte.

Ganz anders war es gewesen, als Jessica damals gegangen war, kaltschnäuzig einfach alles hinter sich gelassen und lapidar Tschüß gesagt hatte. Da war für sie eine Welt zusammengebrochen.

Margot ging in die Küche zurück und schaltete die Kaffeemaschine aus. Dann stieg sie die Treppe hinauf. Leise betrat sie das

Gästezimmer.

Jessica hatte die Decke zum Fußende gestrampelt. Durch die heruntergezogene Jalousie fiel das Sonnenlicht auf ihren nackten Körper. Margot setzte sich auf die Bettkante und betrachtete Jessicas Gesicht. Das Leben hat auch von dir seinen Tribut gefordert, dachte sie und fuhr mit dem Finger die kleinen Falten um Jessicas Augen und Mund nach. Zigaretten und Whisky und ein Lebenswandel, den ich mir gar nicht vorstellen mag.

Jessica bewegte sich leicht unter der Berührung und zog die Stirn kraus.

Margot legte sich neben sie und schloss die Augen. Sie genoss Jessicas Atem auf ihrem Gesicht. Woher sie den Mut nahm, war ihr selbst schleierhaft, aber sie streichelte Jessicas Bauch, fuhr sanft über ihren Busen. Noch immer die Augen geschlossen, spürte sie, wie Jessica sie küsste, wie sie fordernd ihre Zunge zwischen Margots Lippen schob.

Genauso habe ich es mir immer vorgestellt, dachte Margot, während sie Jessicas Kuss erwiderte.

-XIX-

Pforzheim, 15. August 2003

»Danke für Ihren Anruf. Auf Wiedersehen. Wiedersehen.«

Elvira Schmiedinger geborene Orloff legte wie in Zeitlupe den Telefonhörer auf die Gabel zurück. Wie von ganz weit her beobachtete sie ihre eigene Hand.

»De Bub«, murmelte sie kraftlos, »de Bub.«

»Wer war denn dran?«, rief Konrad, ihr Mann, vom Balkon herein.

Obwohl sie genau wusste, dass er sie nicht sehen konnte, schüttelte sie nur den Kopf.

Sie wagte nicht, laut zu sprechen, als hätte sie Angst vor den ersten Worten nach der Nachricht, die sie eben erhalten hatte. Ihr war, als würde ein falsches Wort oder ein Wort falsch ausgesprochen zu viel zerstören, die Besonderheit dieses Augenblicks zunichte machen. Achtundvierzig Jahre hatte Elvira auf diesen Augenblick gewartet. Davon fünfunddreißig Jahre mit ihren Eltern, bis der Tod die beiden kurz nacheinander erlöst hatte.

»Elvira!«, rief Konrad. Seit er in Rente war, hing er an ihrem Rockzipfel wie ein kleines Kind. Den Ruhestand mit ihrem Mann hatte sie sich weiß Gott anders vorgestellt.

Wenn er jetzt fragt, wann es Abendessen gibt, bringe ich ihn um, dachte sie und schrie laut auf.

Konrad kam ins Wohnzimmer. In seiner kurzen Hose sah er lächerlich aus, fand sie und wunderte sich, dass sie in so einem Moment etwas derartig Profanes bemerkte.

»Was ist denn los? Wer hat denn angerufen?«

»Die Polizei aus Saarbrücken.«

»Die Polizei?«

»Sie haben den Bub gefunden.«

»Hans-Peter?«

Elvira nickte noch schwach, dann sank sie langsam zu Boden. Wie im Traum bekam sie mit, dass Konrad sie auffing und auf das

Sofa legte. Der raue Sofaüberzug kratzte an ihren nackten Armen und Beinen. Sie hörte ihren Mann im Badezimmer hantieren. Er drehte den Wasserhahn auf und wieder zu. Sie spürte den feuchten, kühlen Lappen auf ihrer Stirn. »Es wird alles gut«, hörte sie ihn sagen.

»Es wird alles gut«, hatte ihr Vater auch zu ihrer Mutter gesagt, als Hans-Peter nicht nach Hause gekommen war. Als er auch noch nach Jahren verschwunden blieb, sagte er immer noch: »Es wird alles gut werden.«

Und ihre Mutter hatte ihm den Gefallen getan, so zu tun, als würde sie ihm glauben. Aber nichts war gut geworden.

Zwei Jahre, nachdem ihr kleiner Bruder im Wald verschwunden war, waren sie nach Pforzheim gezogen. Elviras Vater hatte diese Stadt bewusst gewählt. Sie hatte keine Vergangenheit. Pforzheim war im zweiten Weltkrieg restlos zerstört worden. Nach dem Wiederaufbau war jede Straße, jedes Gebäude ein Teil der Neubeginns. Doch dieser positive Geist der Stadt übertrug sich nicht auf die Familie Orloff.

Sie waren Fremde in Bierbach gewesen, nachdem sie von Dillingen dorthin gezogen waren. Und sie waren Fremde geblieben, bis sie nach Pforzheim wegzogen, denn Trauer macht einsam.

Der Einzige, der sich um ihre Familie gekümmert hatte, war ein Mann. Ihr fiel sein Name nicht ein. Doch sie konnte sich noch gut an ihn erinnern. Er hatte sie oft auf den Arm genommen, wenn sie weinte, und ihr Geschichten vom Permes erzählt.

Permes. Diesen Namen, stellte sie mit Verwunderung fest, hatte sie bis heute vergessen gehabt, obwohl sie damals unzählige Bilder gemalt hatte, auf denen seine unheimliche, schwarze Gestalt zu sehen war. So, wie der Mann ihn immer beschrieben hatte. Permes, der Herrscher des Waldes, hatte er ihn genannt. Des Waldes, in dem der Bub damals verschwand.

Wie hieß er nur, dieser Mann? Sein Name wollte ihr partout nicht einfallen. Sie rechnete nach und kam zu dem Ergebnis, dass er wohl nicht mehr leben würde. Denn immerhin war es im Jahr 1955 gewesen, als der Bub verschwand.

Der Bub. Seit seinem Verschwinden hatten sie Hans-Peter nur noch den Bub genannt. Seinen Namen auszusprechen, verursachte Qualen.

Die Polizistin am Telefon, die sich als Cornelia Markowitz vorgestellt hatte, hatte ihr berichtet, dass außer dem Bub noch vier andere Leichen gefunden worden waren.

Sie konnte sich das nicht erklären. Was ging in diesem Dorf vor?

Aber ihr Bruder war tot, das war eine Gewissheit, war die ganze Zeit tot gewesen. Tot. So, wie ihre Eltern tot waren. Und bald würde er bei ihnen im Grab seine letzte Ruhe finden.

Sie nahm den heiß gewordenen Lappen von ihrer Stirn und richtete sich auf.

»Elvira, willst du nicht noch ein bisschen liegen bleiben?«, fragte Konrad, der neben ihr im Sessel saß und sie besorgt ansah.

Statt einer Antwort sagte sie nur: »Hans-Peter.« Und im Aufstehen noch einmal: »Hans-Peter.«

Nach achtundvierzig Jahren hatte sie den Namen ihres Bruders zum ersten Mal wieder ausgesprochen. Und es war ihr, als würden mit jedem Buchstaben die schweren Eisenketten, die die ganzen Jahre so eng um ihren Brustkorb gespannt gewesen waren, zerspringen.

Konrad war ebenfalls aufgestanden und hatte sich wie ein aufmerksamer Krankenpfleger hinter sie gestellt. Wenn sie wieder ohnmächtig werden sollte, war er bereit, sie aufzufangen.

Sie drehte sich zu ihm um. »Es gab da einen Mann in meiner Kindheit, der sich damals, als Hans-Peter verschwand, sehr um mich gekümmert hat. Ich habe seinen Namen vergessen und möchte herausfinden, wer das war.«

»Vielleicht lebt er gar nicht mehr.«

»Das ist sogar wahrscheinlich, Konrad. Aber er hat doch bestimmt Nachkommen. Ich möchte diese Menschen kennen lernen.«

Konrad zuckte mit den Schultern. Sie würden sowieso ins Saarland fahren müssen, um die Leiche zu überführen. Warum nicht in diesem Ort Station machen?

»Wie hieß das Dorf gleich noch mal?«

»Bierbach.«

-XX-

Bierbach, 16. August 2003

Es läutete an der Tür. Gerade, als Frau Vatermann bis zu den Ellbogen im Hefeteig steckte. »Wer ist denn das jetzt?«

Ungnädig rieb sie ihre Hände an einem Geschirrtuch ab. Sie marschierte vor sich hin schimpfend den Gang entlang zur Haustür und öffnete sie.

»Guten Morgen. Der Herr Pfarrer hat mich angerufen, dass ich vorbeikommen soll.« Jessica machte Anstalten, an Frau Vatermann vorbei ins Haus zu gehen, was diese jedoch mit einer eindeutigen Bewegung ihres Körpers nicht zuließ.

»Der Herr Pfarrer ist in der Kirche und betet. Er ist schließlich ein Mann Gottes, und ich habe einen Kuchen im Ofen«, schnaubte sie und schlug Jessica kurzerhand die Tür vor der Nase zu.

»Schon mal was von christlicher Nächstenliebe gehört?«, rief Jessica durch die geschlossene Tür und machte sich auf den Weg hinüber zur Kirche.

Sie zögerte einen Moment, bevor sie das schmiedeeiserne Tor des Turms betrat, durch den man zur Kirche ging. Rechter Hand lag der begrünte Innenhof, unverändert in all den Jahren. Am Ende des Innenhofes befand sich der Eingang zur Sakristei.

Sie erinnerte sich daran, dass Wolfgang, Alfred und Günter Messdiener gewesen waren und sie einmal mit in die Sakristei genommen hatten. Übermütig hatte sie eine der dort hängenden Alben übergezogen und gerade, als sie das Zingulum um ihre Taille festzurrte, war der damalige Pfarrer eingetreten und hatte sie alle vier zu einer Menge *Gegrüßet seist du Maria* verdonnert.

»Was machst du denn hier?«, rief Alfred, als er aus der Kirche trat.

»Du hast doch heute Morgen bei Margot angerufen, weil du mich sehen wolltest. Und ich bin sofort gekommen, weil ich dachte, dass es wichtig sei. Aber deine Haushälterin hat mich nicht hereingelassen.«

Er stutzte und sah auf seine Armbanduhr. »Du meine Güte! Dabei wollte ich doch nur ein kurzes Gebet sprechen.«

»Und dann habt ihr euch wohl ein wenig verplaudert, dein Gott und du?«

Er lächelte. »So nett hat das noch keiner gesagt.«

»Weshalb hast du mich überhaupt angerufen? Gibt es etwas Neues?«

»Ja. Die Mutter vom Weber Karl hat mich angerufen. Ihr Sohn sei zum Verhör abgeholt worden. Er steht im Verdacht, etwas mit Wolfgangs Tod zu tun zu haben.«

»Was? Der Karl Weber? Der Sohn von Herbert Weber, dessen Leiche auch im Grohbachtal gefunden wurde?«

»Genau der.«

»Ich hätte ja auf Günter getippt.«

»Ich eigentlich auch. Aber der Otto hat gestern auf dem Polizeipräsidium ausgesagt, dass er den Karl kurz nach zwei aus Wolfgangs Haus kommen sah. Davor hätte es eine lautstarke Auseinandersetzung gegeben.«

»Ist der Otto überhaupt ein ernst zu nehmender Zeuge?«

Alfreds Kopf pendelte bedächtig hin und her. »Ich weiß nicht … Eher nicht.«

»Und deswegen hast du mich hierher bestellt? Warum hast du mir das nicht am Telefon gesagt? Dann hätte ich mit Margot zum Markt gehen können.«

»Das ist ja auch nicht alles«, sagte er ein wenig verlegen. »Aber komm, wir unterhalten uns im Haus weiter.« Er nahm ihren Arm und ging mit ihr die paar Stufen hinauf ins Pfarrhaus.

Frau Vatermann hatte sie durch den Garten kommen gehört und die Haustür aufgemacht. Kuchenduft strömte ihnen entgegen und Alfred bemerkte, wie Jessica tief einatmete.

»Ist der Kuchen schon fertig?«, fragte er.

»Grad«, antwortete Frau Vatermann ungnädig.

»Dann bringen Sie uns ein Stück ins Wohnzimmer und machen Sie uns eine Tasse Kaffee dazu.«

Sie nickte, schenkte Jessica noch einen missbilligenden Blick und verschwand in der Küche.

Kurz darauf saßen sich Alfred und Jessica bei einer Tasse Kaffee und einem Stück Nusskranz am Tisch gegenüber.

Nachdem sich Jessica eine Weile ausschließlich dem Kuchen gewidmet hatte, fragte sie Alfred zwischen zwei Bissen: »Was hast du vorhin gemeint, als du sagtest, das sei noch nicht alles?«

Er sah sie an und überlegte, wie er beginnen sollte.

»Du kannst ruhig anfangen. Ich kann kauen und gleichzeitig zuhören. Hat es mit dem Grohbachtal zu tun?«

Das war das Stichwort. Alfred nickte dankbar und begann.

»Ich habe gestern an der Kanzel viele Gespräche mit meinen Gemeindemitgliedern geführt, und alle Gespräche hatten mit dem Verschwinden und dem gewaltsamen Tod dieser fünf Menschen zu tun.« Alfred dachte einen Moment nach. »Ich muss gestehen, auch ich habe mir eigentlich erst jetzt ernsthaft Gedanken darüber gemacht, wie das alles geschehen konnte. In einem ganz normalen Dorf, mit ganz normalen Menschen.«

»Hat sich denn in all den Jahren niemand hier gefragt, was dahinter steckt? Menschen verschwinden doch nicht einfach so.«

»Doch, schon. Geredet wurde viel. Bei Christa hat man damals angenommen, dass sie mit einem anderen auf und davon ist, weil Otto nie Zeit für sie hatte. Ständig war er mit der Freiwilligen Feuerwehr unterwegs, er war aktiv im Turnverein und dem Männergesangsverein. Außerdem war er ein richtiger Plotzer, wie man so schön sagt. Er hätte es beruflich weit gebracht. Aber er hat sie viel allein gelassen.«

»Trotzdem, Alfred, kein Mensch läuft einfach so davon. Nur mit dem, was er auf dem Leib hat.« Sie schob den leeren Kuchenteller von sich weg, zog den Aschenbecher näher heran und zündete sich eine Zigarette an. »Ich verstehe nicht, dass das keinem aufgefallen ist. Und was war mit dem kleinen Jungen?«

»Bei Hans-Peter Orloff hieß es, er habe sich im Wald verirrt und sei in eine Felsspalte gefallen.«

»In eine Felsspalte? So ein Blödsinn. Wir sind doch hier nicht im Hochgebirge.«

»Außerdem hat mir Lesche Irma erzählt, dass die Orloffs Zugezogene gewesen seien und so gut wie keinen Kontakt zu den Nachbarn hatten.«

»Das ist typisch.« Jessica zog die Augenbrauen hoch und schüttelte den Kopf. »Sag mal, ist nicht noch ein Schluck von meinem

Scotch da?«

Alfred lächelte. Er stand auf, ging zum Schrank und holte die Flasche *Highland Park* und zwei Gläser heraus. »Eis kann ich heute leider nicht anbieten, meine Frau Vatermann hat den Kühlschrank abgetaut.« Er schenkte zwei Finger breit in jedes Glas.

»Aber dass der Weber Herbert auf und davon hätte sein können, wirst du nicht bestreiten wollen, Jessica«, nahm er den Faden wieder auf. »Im Dorf hatte man einfach angenommen, dass er seine Frau mit den drei schrecklichen Söhnen hat sitzen lassen, weil er arbeitsscheu war und sich lieber in den Wirtschaften herumtrieb.« Er nahm einen Schluck und stellte das Glas zurück auf den Tisch. »Asozial hat nicht nur mein Großvater ihn genannt.«

»Bleibt noch der Michael Hanauer«, bemerkte Jessica lakonisch.

Alfred kniff die Augen zusammen, sah aus dem Fenster und nickte ein paar Mal nachdenklich. »Für sein Verschwinden hatte niemand eine Erklärung parat. Aber wie ich vom Hörensagen weiß, war es allen auch ziemlich egal, weil er und seine Vespa nicht beliebt im Dorf waren. Ein Halbstarker, wie er im Buche steht.«

»War der Michael nicht Hannelores Onkel?«

»Ja. Und Hannelores Mutter hat ihr Leben lang unter dem Verschwinden ihres Bruders leiden müssen. Von dem Zeitpunkt an hat ihr ihre Mutter immer vorgeworfen, dass sie noch da war und der Sohn nicht mehr.«

Jessica nickte zustimmend. »Ein brutales Weib, die alte Hanauersch. Ich kann mich noch gut daran erinnern, wie sie hinter dem Haus immer die Hühner geschlachtet hat. Es hat ihr richtig Spaß gemacht, den Viechern den Kopf abzuschlagen und sie kopflos auf uns losrennen zu lassen. Erinnerst du dich noch?«

»Oh ja. Ich werde nie vergessen, wie so ein kopfloses Huhn direkt vor meinen Füßen umfiel. Das Blut spritzte noch wie eine Fontäne aus seinem Hals auf meine Hose. Ich konnte meine Augen nicht von der pulsierenden Wunde nehmen und war vor Entsetzen unfähig mich zu bewegen. Und die alte Hanauersch hat sich halbtot gelacht.«

»Und Hannelore hat wie ein verängstigtes Küken aus dem Fenster im ersten Stock zugeschaut«, ergänzte Jessica. »Sag mal, Alfred, kannst du dich eigentlich daran erinnern, Hannelore je auf der Straße spielen gesehen zu haben? Wenn ich an sie zurückdenke, sehe ich sie immer nur hinter einem Fenster stehen.«

Es klingelte an der Haustür, und aus der Küche hörten sie Frau Vatermanns Kommentare über diese erneute Störung.

»Ein wahrer Ausbund an Liebenswürdigkeit, deine Haushälterin.«

Dann ging die Tür auf und Frau Vatermann schob Margot mit der spitzen Bemerkung ins Zimmer: »Noch ein Damenbesuch für Sie, Herr Pfarrer.«

Alfred stand auf, komplimentierte Frau Vatermann hinaus und begrüßte Margot. »Komm, setz dich zu uns.«

Margot legte die lederne Dokumentenmappe, die sie mitgebracht hatte, auf den Tisch und nahm Platz. »Sylvia hat mich gebeten, euch mitzubringen«, sagte sie. »Sie grillt auf ihrer Terrasse. Sie möchte nicht allein sein. Also, was ist, kommt ihr?«

»Ja, gerne, da brauche ich Frau Vatermann nicht wegen des Essens zu bemühen«, sagte Alfred.

»Ich komme auch mit«, stimmte Jessica zu. »Dann sehe ich Sylvia noch mal, vor meiner Abreise.«

»Aber vorher möchte ich dir noch etwas zeigen, Alfred«, sagte Margot, öffnete die Dokumentenmappe, holte ein Blatt Zeichenpapier heraus und legte es vor ihm auf den Tisch.

»Die Zeichnung hat Jessica angefertigt. Es ist das Portrait des Mannes, den sie dabei beobachtet hat, wie er Christas Leiche vergraben hat. Sylvia und mir kommt er irgendwie bekannt vor.«

Alfred nahm die Zeichnung in die Hand, betrachtete sie und erschrak. Seine Hände zitterten leicht, als er sie auf den Tisch zurücklegte.

»Weißt du, wer das sein könnte?« Margot hatte sich neben ihn gestellt und schaute ihm über die Schulter.

»Nein«, sagte er leise und versuchte zu lächeln.

»Und warum bist du dann auf einmal so blass geworden?«, wollte Jessica wissen.

Alfred antwortete nicht.

»Du lügst. Du hast den Mann auf meiner Zeichnung erkannt. Du weißt, wer es ist.«

Die beiden Frauen sahen ihn gespannt an.

»Wer ist es?«, drang Jessica in ihn. »Und sage jetzt nicht, es sei der Permes, sonst …«

Alfred schüttelte nur den Kopf. »Du irrst dich, Jessica.«

-XXI-

Bierbach, 16. August 2003

Hannelore stand in ihrem Schlafzimmer und betrachtete sich nackt vor dem Spiegel. Ihr schlaffes, weißes Fleisch hing an ihr herunter wie roher Brotteig.

Wie gut Sylvia selbst noch bei der Beerdigung ihres Mannes ausgesehen hat, dachte sie, und ich bin ein Nichts. Ein Garnichts. Nicht einmal zum Grillen auf Sylvias Terrasse war sie eingeladen worden.

Sie lachte bitter auf.

Heute Vormittag in der Metzgerei Fink hatte Sylvia vor ihr in der Reihe gestanden und Putenschnitzel und Grillspieße verlangt.

»Grillen Sie heute, Frau Lenhard?«, hatte die Verkäuferin neugierig gefragt und Sylvia hatte geantwortet: »Ja. Ein paar Freundinnen kommen und der Herr Pfarrer. Seit mein Wolfgang nicht mehr da ist, fühle ich mich so allein.«

Ich bin auch allein, hatte Hannelore gedacht.

Sie legte sich aufs Bett. Auf dem Nachttisch daneben stand ein Glas mit einer trüben Flüssigkeit.

Günter würde nie mehr zu ihr zurückkommen. Sie wusste es. Und sie schämte sich entsetzlich. Vor ihrem Sohn, Günters Freunden (eigene hatte sie keine), vor dem ganzen Dorf.

Früher oder später würden sie es alle erfahren, dass Günter nicht auf mysteriöse Weise verschwunden war, sondern dass er sie verlassen hatte, dass sie die Verfasserin des Schuldscheins war, und dass sie das alles gemacht hatte, um nicht wieder als Versagerin dazustehen.

Als er aus dem Wald zurückgekommen war, mitten in der Nacht, hatte er gesagt, der Tod seines Freundes Wolfgang hätte ihm die Augen dafür geöffnet, dass es noch mehr im Leben geben musste, und alles wäre ihm recht. Als Mechaniker auf einem Schiff arbeiten oder als Holzfäller in Kanada. Dann hatte er seine Reisetasche gepackt und war gegangen. Alles schien ihm verlockender als ein

Leben an ihrer Seite.

Und dafür würden sie alle verachten. Am meisten ihr Sohn Falk.

Günter hatte darauf bestanden, den Jungen so zu nennen, weil ihn der Name an Freiheit erinnerte. Die Freiheit, die er sich jetzt genommen hatte. Hannelore hatte sich immer wegen des ungewöhnlichen Namens geschämt.

Wann hatte sie sich eigentlich einmal nicht geschämt?

Als Kind hatte sie sich geschämt, weil ihre abgetragenen Kleidchen so schäbig ausgesehen hatten und sie die Spötteleien der anderen Kinder ertragen musste. »Das langt für dich«, hatte ihre Mutter immer gesagt.

Beim Tanz in der Dorfdisco hatte sie sich geschämt, in der jedes Mädchen einen Tanzpartner bekam, nur sie nicht. Von allen jungen Männern im heiratsfähigen Alter hatte nur Günter ein Auge auf sie geworfen, den sonst keine haben wollte. »Sei froh, dass du überhaupt einen abgekriegt hast«, war die Bemerkung ihrer Mutter gewesen.

An ihrer Hochzeit hatte sie sich geschämt, eine unscheinbare Braut mit einem unscheinbaren Bräutigam zu sein. Alle anderen Paare auf dem Fest waren schöner und attraktiver als sie. Ihr weißes Hochzeitskleid war in dem Moment grau geworden, als sie es angezogen hatte. Und sie hatte sich geschämt, dass ihr erster Sohn Patrick behindert zur Welt kam.

Hannelore setzte sich auf und nahm das Glas vom Nachttisch. Sie trank es in einem Zug aus. Es fiel ihr nicht schwer, von einer Welt Abschied zu nehmen, in der sie sich nie wohl gefühlt hatte, und in der sie sich immer ungeliebt und wertlos vorgekommen war.

Der kalkige Geschmack der Mixtur ließ sie würgen, und ein Schwall Erbrochenes landete auf dem flauschigen, rosafarbenen Bettvorleger. Jetzt musste sie sich schon wieder schämen, weil sie nicht einmal in der Lage war, sich ordentlich umzubringen.

Tränen liefen ihr die Wangen hinunter.

Vielleicht würde Günter wieder zurückkommen, wenn er erfuhr, dass sie tot war.

Sie stellte sich vor, wie er an ihrem offenen Grab stehen und … weinen würde? Nein. Erleichtert wäre er. Und wütend über den Schuldschein, und darüber, dass sie es vorzog, ihren verschwundenen Mann des Mordes verdächtig zu machen, statt einfach zu sagen, dass er sie verlassen habe.

»De Günter hats Hannelore sitze geloss.«

»Das kann ich gut verstehn. Dass er das ivverhaupt genomm hat.«

So würde es heißen in der Metzgerei Fink, in der Bäckerei Kiefer und der Bäckerei Mamok. Und die gehässigen Stimmen würden verstummen, sobald sie in eines der Geschäfte käme. Die Verkäuferinnen würden freundlich weiter bedienen, als wäre nichts gewesen. Nur die Blicke würden mitleidig werden oder schadenfroh, und sie müsste sich wieder schämen.

Ihre Hand hielt das leere Glas immer noch umklammert. Sie schlug es gegen die Wand, wo es zerbrach.

Ein großer Splitter in der Form eines Eispickels bohrte sich in ihre Hand. Sie zog ihn mit Ruck heraus und rammte ihn ein paar Mal tief in ihre Halsschlagader. Eine rote Fontäne schoss aus ihrem Hals, spritzte an die Wand und durchtränkte die Bettlaken.

Sie hörte ihre Großmutter lachen. In der einen Hand hielt sie das blutige Beil und in der anderen das kopflose Huhn. An den Wänden waren Augen erschienen, die sie mitleidig ansahen und Münder, die spöttisch lächelten.

Hannelore wusste, wer sich hinter den Wänden verbarg. Sie kannte die Münder. Die Schmallippigen und die Volllippigen. Die mit den Zahnlücken, den schiefen Zähnen und die mit den billigen AOK-Gebissen.

Die Münder lachten. »Schäm dich. Schäm dich.« Sie lachten so sehr, dass die Augen zu tränen begannen. Dunkle Schlieren liefen die Wände hinab. »Schäm dich. Schäm dich«, gellte es in ihren Ohren.

Um sie herum schäumte ihr eigenes Blut und sie hatte den Glassplitter immer noch in der Hand. Mit letzter Kraft durchtrennte sie ihre Pulsadern.

-XXII-

Bierbach, 16. August 2003

Sylvia freute sich, dass alle gekommen waren, und stellte die Schüssel mit dem gemischten Salat auf den Tisch.

Ihre Freunde saßen auf der Terrasse unter dem großen Sonnenschirm, nur zwei Meter von der Stelle entfernt, wo sie Wolfgang vor zehn Tagen schwer verletzt aufgefunden hatte.

Sylvia schluckte die aufkommenden Tränen herunter und griff dankbar nach dem Glas Prosecco, das Jessica ihr reichte.

Margot erzählte gerade, wie Wolfgang sein erstes Moped bekommen hatte.

Sylvia schloss für einen Moment die Augen und sah sich, fest an Wolfgang geklammert, auf dem Sozius sitzen, als sie zum ersten Mal von Blickweiler nach Bierbach zu seinen Eltern gefahren waren.

Es tat ihr gut, wenn sie von Wolfgang sprachen. Sie hatte dann das Gefühl, er wäre noch unter ihnen.

Sie trank einen Schluck und schaute wieder zu der Stelle, auf der ihr Mann gelegen hatte. Nichts war mehr zu sehen, so als wäre das alles gar nicht passiert.

»Da hast du ihn gefunden?«, fragte Jessica, die ihrem Blick gefolgt war.

»Jessica!«, flüsterte Margot vorwurfsvoll.

»Ist schon okay«, sagte Sylvia und ging wieder in die Küche, um das Weißbrot zu holen.

»Habe ich etwas Falsches gesagt?«, fragte Jessica.

»Muss ich dir das erklären?«, fragte Margot zurück.

»Also, ich hätte nicht so taktlos gefragt«, sagte Birgit, die noch immer bei Sylvia logierte, mit spitzen Lippen.

Alfred machte sich am Holzkohlengrill nützlich und kümmerte sich um die Steaks und Fleischspießchen. »Kommt Hannelore nicht, oder hast du vergessen, sie einzuladen?«, fragte er Sylvia, als sie aus der Küche kam.

Sylvia machte ein verlegenes Gesicht. »Ehrlich gesagt, ich wollte sie nicht dabei haben. Wenn Günter wirklich etwas mit Wolfgangs Tod zu tun hat ...« Sie setzte sich, nahm eine Papierserviette in die Hand und drehte sie nervös zwischen ihren Fingern.

Birgit, die mit ihren Gedanken auch gerade bei Günter war, horchte bei der Erwähnung seines Namens auf. Sie hatte sich eben daran erinnert, dass sie sich immer, wenn sie mit Günter schlief, vorgestellt hatte, Wolfgang würde ihnen beim Liebesakt zusehen und vor Eifersucht den Verstand verlieren. Wie glücklich hätten Wolfgang und sie sein können, wenn es Sylvia nicht gegeben hätte. Was hatte die, das Birgit nicht hatte? Sie betrachtete Sylvia mit zusammengekniffenen Augen.

Alfred kam mit einer Platte Grillfleisch zum Tisch, stellte sie zum Kartoffelsalat und setzte sich auf den freien Stuhl neben Jessica.

»Bitte bedient euch, und lasst es euch schmecken«, sagte Sylvia und reichte Margot das Salatbesteck.

»Moment«, sagte Alfred. »Haben wir nicht etwas vergessen?«

»Guten Appetit?«, fragte Jessica mit einem ironischen Lächeln.

Er warf ihr einen tadelnden Blick zu, faltete die Hände und sprach ein Tischgebet.

Birgit betrachtete die gesenkten Köpfe und genoss das Gefühl, dass keiner der Anwesenden eine blasse Ahnung davon hatte, was sie dachte und wer sie wirklich war.

Sie hatten schon eine Weile gegessen, als sich Sylvia an Alfred wandte: »Alfred, ich muss dich etwas fragen. Ich habe heute Vormittag Wolfgangs Schreibtisch durchgesehen ...«

»Dazu hattest du kein Recht«, fiel ihr Birgit empört ins Wort, sprang auf und rannte ins Haus.

»Was war denn das?« Sylvia sah ihr verwundert nach.

»Frau Studienrätin erteilt uns heute Unterricht in gutem Benehmen«, sagte Jessica.

Margot und Alfred lachten auf und sahen Sylvia deswegen um Entschuldigung bittend an.

»Du wolltest mich etwas fragen, Sylvia?«, sagte Alfred, nun wieder ernst.

»Ich habe Wolfgangs Schreibtisch durchgesehen, und da ist mir aufgefallen, dass die alten Aufzeichnungen nicht mehr da sind, die er sich von deinem Vater ausgeliehen hat. Du erinnerst dich vielleicht, Alfred, Wolfgang wollte eine Geschichte über den Permes schreiben.«

»Aufzeichnungen von meinem Vater?«

»Ich selber habe sie nicht gesehen. Wolfgang sagte, sie seien von deinem Großvater, und dass er sie dir zeigen müsse. Es schien ihm sehr wichtig zu sein.«

»Mir hat er nichts gezeigt.«

»Ich möchte nicht, dass sie verloren gehen. Kannst du deinen Vater mal fragen, ob er sie zurückerhalten hat?«

Alfred nickte nachdenklich.

Das Telefon im Wohnzimmer klingelte. Sylvia ging hinein und kam gleich darauf mit dem Hörer in der Hand wieder auf die Terrasse zurück. »Es ist für dich Alfred. Gerlachs Roswitha.«

»Wer?«, fragte er überrascht.

»Gerlachs Roswitha. Sie hat von Frau Vatermann erfahren, dass du hier bist.«

Er nahm den Hörer in die Hand. »Pfarrer Bubel«, meldete er sich, dann hörte er aufmerksam zu. »Du hast genau das Richtige getan, Roswitha. Danke für deinen Anruf, ich komme sofort.« Er unterbrach die Verbindung, legte den Hörer auf den Tisch und murmelte: »Gott sei ihrer Seele gnädig.«

»Ist etwas passiert, Alfred? Von welcher Seele redest du? Roswithas?«, wollte Jessica wissen.

»Hannelore?«, fragte Margot, die wusste, dass Roswitha Hannelores Nachbarin war.

»Sie ist tot«, antwortete Alfred.

»Was?«, riefen Jessica und Margot wie aus einem Munde und sahen ihn fassungslos an.

Sylvia stand wortlos auf, nahm das Tablett von der Terrassenmauer und begann mechanisch den Tisch abzuräumen. Als sie die Salatschüssel in die Hand nahm, versagten ihr die Kräfte. Die Schüssel fiel zu Boden und zerbrach.

Sie setzte sich wieder auf ihren Stuhl, legte die Hände in den Schoß und fing an zu weinen.

-XXIII-

Saarbrücken, 16. August 2003

Hauptkommissar Feuerstein lief vor seinem Schreibtisch auf und ab. Immer wieder warf er einen wütenden Blick auf Daniela Westphal, die zusammengekauert auf dem Besucherstuhl saß und heulte.

Wieder ein Samstagnachmittag, an dem er nicht zu Hause sein konnte. Und da zerrissen sich alle das Maul über die faulen Beamten. Am meisten sein Großcousin. Und dann kam noch diese mörderische Hitze hinzu.

»Daniela! Je eher du deine Aussage machst, desto schneller bist du wieder zu Hause bei deinem Mann.«

Bei ›deinem Mann‹ heulte Daniela erst recht los.

Kriminalassistentin Markowitz, die neben Daniela Westphal saß und für den Nachmittag eine Verabredung zum Segeln auf dem Bostalsee hatte, verdrehte ungeduldig die Augen.

Feuerstein unterbrach seine Wanderung und schlug energisch auf den Tisch.

»Jetzt reicht's mir, Daniela! War Jens Lüders am Nachmittag des 11. August bei dir zu Hause oder nicht? Was ihr getrieben habt, interessiert mich nicht. Ich will jetzt wissen: War er da? Ja oder nein?«

Daniela zuckte zusammen, nickte heulend und putzte sich die Nase.

»Na endlich! Warum nicht gleich so?«, rief Feuerstein mit erhobenen Händen aus und setzte sich hinter seinen Schreibtisch.

Über Geschmack lässt sich bekanntlich streiten, dachte Cornelia Markowitz. Was Daniela an Lüders anziehend fand, konnte sie nicht nachvollziehen. Selten war ihr ein so unsympathischer Mensch begegnet.

»Mein Mann ist so oft weg auf Montage und da kommt der Jens halt öfters auf ein Stündchen oder so. Er ist so zärtlich und rücksichtsvoll.«

Cornelia Markowitz stöhnte gelangweilt. Sie hätte sich als Ausgleich für den verpatzten Segelausflug wenigstens eine perverse Sado-Maso-Geschichte gewünscht.

»Ein Schäferstündchen also«, bemerkte Feuerstein. »Zwischen der Pfarrsekretärin und dem Gemeindereferenten. Wie passend. Hab ich's mir doch gedacht.«

Daniela Westphal brach bei dieser Bemerkung erneut in Tränen aus.

Sie konnte einfach nicht begreifen, wie es so weit hatte kommen können. Am Anfang hatte ihr Jens Lüders nur Leid getan, weil niemand in Bierbach ihn ausstehen konnte. Alle hielten ihn für arrogant, selbst Pfarrer Bubel, der sonst für jeden Verständnis hatte und die Großherzigkeit in Person war. In Danielas Augen war Jens ein einsamer Mensch, und deshalb hatte sie ihn eines Nachmittags zum Kaffee zu sich eingeladen. Schon bei ihrem zweiten Treffen waren sie sich näher gekommen. Und wie das so war – wenn man erst einmal das Heilige Sakrament der Ehe gebrochen hatte, war ein zweites oder drittes Mal auch nicht viel schlimmer.

Feuerstein nahm die schriftliche Aussage von Jens Lüders zur Hand, lehnte sich in seinem Sessel zurück und begann vorzulesen: »›Ich wollte nicht, dass Herr Günter Strobel, der mir vom Kirchenchor her bekannt ist, sieht, wie ich ins Schweitzertal abbiege, deswegen bin ich stehen geblieben und habe so getan, als wolle ich mich ausruhen. Er hat mit der alten Dame gesprochen, und ich bin dann weitergegangen. Wohin Herr Strobel gegangen ist, weiß ich nicht. Ich habe mich eine oder zwei Stunden bei Frau Westphal aufgehalten, mit der ich einiges zu besprechen hatte …‹, so weit die Aussage von Jens Lüders.«

Daniela, die atemlos zugehört hatte, nickte erleichtert und fragte: »Kann ich jetzt gehen?«

»Bitte!« Feuerstein wies zur Tür.

Daniela verabschiedete sich hastig und stürzte beschämt hinaus.

»Also können wir Jens Lüders als Verdächtigen im Fall Günter Strobel ausschließen«, stellte Cornelia Markowitz fest.

Kaum hatte sie die Tür hinter sich geschlossen, klingelte das Telefon auf Feuersteins Schreibtisch. »Wenn es irgendjemand aus Bierbach ist, ich bin nicht mehr da«, wies er seine Assistentin an.

Sie nahm den Hörer ab. »Kommissariat I, Markowitz.«

Sie hörte einen Moment zu, deckte die Muschel des Hörers mit der einen Hand zu und wandte sie sich Feuerstein. »Der Ortsvorsteher von Bierbach ...«

»Wenn er was von mir will, soll er es schriftlich machen«, knurrte Feuerstein.

Aus dem Telefonhörer dröhnte unüberhörbar die Stimme seines Großcousins: »Der soll sofort ans Telefon kommen, der Hornochse!«

Feuerstein riss seiner Assistentin den Hörer aus der Hand.

»Was fällt dir ein, du Sauhund!«, schrie er zurück.

Cornelia Markowitz ging kopfschüttelnd zu ihrem Schreibtisch und versuchte die Stimme ihres Chefs auszublenden. Sie nahm sich die Mappe mit den Obduktionsergebnissen der fünf Leichen aus dem Pirmannswald noch einmal gründlich vor.

Alle oberhalb der Kanzel gefundenen Toten wiesen die gleiche Verletzung auf: Ihnen wurde von hinten der Schädel mit einer Axt gespalten. Um wen es sich bei der ältesten Leiche gehandelt hatte, war nicht herauszufinden gewesen. Offensichtlich war es niemand aus Bierbach. Die vier anderen konnten eindeutig identifiziert werden.

Serienmörder in Bierbach hatte die Schlagzeile in der Saarbrücker Zeitung geheißen. Cornelia fand das übertrieben. Der Killer hatte rund fünfzig Jahre gewartet, bis er sein zweites Opfer tötete. Danach allerdings wurden die Abstände etwas kürzer.

Beim ersten Mord musste der Mörder noch sehr jung gewesen sein, bei Christa Bender schon hoch betagt. Und jetzt durfte er aller Wahrscheinlichkeit nach selber tot sein.

Wer war der Mörder?

Jemand aus dem Dorf?

Was war sein Motiv?

Sie schaute kurz zu ihrem Chef. Er und der Ortsvorsteher beschimpften sich immer noch. Scheinbar ging es jetzt um ein Grundstück in der Au, das Venn gehörte und Feuersteins Meinung nach ihm gehören sollte. Cornelia Markowitz war froh, nicht aus einem Dorf zu stammen, in dem jeder mit jedem verwandt war.

Plötzlich wurde Feuerstein still und hörte aufmerksam zu. »Wo? Warum sagst du das nicht gleich?«, fragte er patzig und legte den Hörer auf. »Falls Sie heute eine Verabredung haben, Markowitz, sagen Sie sie ab. Wir müssen nach Bierbach.«

»Schon wieder eine Leiche?«

»Ja.«

»Wenn das so weitergeht, können wir in Bierbach eine Filiale eröffnen«, sagte sie und wählte die Nummer der Kriminaltechnik. »Wo soll das Team hinkommen, Chef? Wieder zur Kanzel?«

»Nein. Zu Strobel, in die Heinzenstraße 43.«

-XXIV-

Bierbach, 16. August 2003

Margot stand am Küchenfenster von Sylvias Haus und schaute Jessica und Alfred zu, wie sie ins Auto stiegen. Alfred schaffte es nur mit einiger Mühe, in dem Sportwagen Platz zu nehmen.

Jessica fuhr Alfred zu Hannelore. Margot wäre auch hingefahren, wäre es Sylvia nicht so schlecht gegangen. Sylvia lag auf der Couch im Wohnzimmer mit einem kalten Umschlag auf der Stirn und weinte immer noch still vor sich hin.

Birgit war seit ihrem merkwürdigen Abgang noch nicht wieder heruntergekommen. Es hörte sich an, als würde sie ständig etwas vom Schlafzimmer ins Gästezimmer tragen und umgekehrt. Was hatte sie alleine da oben zu suchen?

Sylvia hatte den kalten Umschlag von ihrer Stirn genommen und saß lauschend da. »Was treibt sie da oben?«, fragte sie und stand auf.

»Bleib du liegen. Ich sehe nach.«

»Nein«, erwiderte Sylvia und horchte wieder nach oben. »Ich glaube, sie ist in unserem Schlafzimmer.«

Sie ging mit energischen Schritten zur Treppe. Margot folgte ihr.

»Birgit!«, rief Syliva vom Fuß der Treppe, »Birgit! Was treibst du da oben?« Sie schaute Margot an. »Ich weiß, dass sie mich hören kann«, sagte sie leise, nachdem sie von Birgit keine Antwort bekommen hatte und machte Anstalten, die Treppe hinaufzugehen.

Margot hielt sie am Arm fest. »Bleib hier, bitte.«

»In meinem eigenen Haus kann ich doch wohl noch hingehen, wo ich will!«

»In deinem Haus?«, schrie Birgit mit schriller, fast überkippender Stimme von oben herunter.

Margot und Sylvia zuckten zusammen.

Noch bevor Margot den Versuch machen konnte, Sylvia erneut festzuhalten, rannte diese wutentbrannt die Treppe hinauf.

Jessica! Alfred! Hättet ihr nicht zehn Minuten später losfahren können? Margot stieg mit laut klopfendem Herzen ebenfalls die Treppe hinauf.

-XXV-

Bierbach, 16. August 2003

Auf dem Weg zu Hannelore hielt Jessica auf Alfreds Wunsch noch kurz bei der Kirche an, damit er im Glockenturm das Glockenläuten für die Verstorbene einschalten und aus dem Pfarrhaus seine Versehgarnitur mitnehmen konnte. Wie er Jessica erklärt hatte, bestand eine Versehgarnitur aus einer Stola, einem Gefäß für Öl, einem Glasgefäß mit goldenem Verschluss für das Blut Christi, einem Löffel, einem Kreuz und einem runden Döschen für den Leib Christi.

»Was hat so lange gedauert?«, fragte Jessica ungehalten und fuhr los, kaum dass er wieder umständlich neben ihr Platz genommen hatte.

»Tut mir Leid. Probleme. Probleme.« Seufzend lehnte er sich im Sitz zurück. Daniela hatte ihm gerade unter Tränen mitgeteilt, dass sie kündigen wolle, und auf seinem Schreibtisch hatte ein Brief von Lüders gelegen, in dem er ihn wissen ließ, dass er den Bischof um Versetzung in eine andere Gemeinde bitten würde.

Über Letzteres freute er sich. Hatte Gott doch wenigstens ein Gebet von ihm erhört. Aber um Daniela tat es ihm Leid. Er hatte gerne mit ihr zusammengearbeitet. Vielleicht würde sie sich ja überreden lassen, bei ihm zu bleiben, oder ihm zumindest den Grund für ihre Kündigung verraten.

»Was gibt es denn für Probleme?«

»Daniela hat mir gerade gekündigt und wollte mir den Grund nicht nennen. Warum hat sie kein Vertrauen zu mir?« Er seufzte. »Manchmal glaube ich, ich bin kein guter Seelsorger.«

»Das ist jetzt nicht der Moment für Selbstzweifel«, bemerkte Jessica und setzte den Blinker, um von der Pfalzstraße in die Eckstraße einzubiegen.

Als sie an ihrem ehemaligen Elternhaus vorbeifuhren, das sie nach dem Tod ihrer Eltern verkauft hatte, überkam sie eine leichte Wehmut. Sie schaute zu den beiden Fenstern im zweiten Stock hinauf, wo ihr Kinderzimmer gelegen hatte. Die Rollläden waren beide geschlossen. Es waren noch dieselben wie zu ihrer Kindheit.

Gegenüber lag der Käsehof, der nach der Familie Käs benannt war, die im 18. Jahrhundert da gelebt hatte. Jetzt, wo die Kranken- und Leichenwagen wieder weggefahren waren, konnte man das Haus gut sehen, in dem vor dreißig Jahren Bewwelches Marie gewohnt und Sprudel und Eis verkauft hatte. Man war durch die stets offene Haustür den schmalen Gang entlang in die Küche gegangen, und in der kleinen Speisekammer hatte die Eistruhe gestanden.

»Ein Eis könnte ich jetzt essen. So ein richtig schönes großes«, sagte sie.

»Wie kannst du jetzt an Eis denken!«

»Wir haben Sommer, und heiß genug dafür wäre es, oder meinst du, dieser bescheidene Wunsch ist angesichts des Todes pietätlos? Soll ich Trauer heucheln? Wenn ich mich recht erinnere, kommen Heuchler in der Bibel nicht gut weg.«

»Im Evangelium nach Lukas steht: ›Da fing er an und sagte zuerst zu seinen Jüngern: Hütet euch vor dem Sauerteig der Pharisäer, das ist die Heuchelei.‹«

Jessica schaute kurz zu Alfred rüber. Typisch Pfaffe, wollten einen nur verwirren.

-XXVI-

Bierbach, 16. August 2003

Das Schlafzimmer der Lenhards war verwüstet. Der Kleiderschrank war zur Hälfte ausgeräumt und Sylvias Kleider lagen wahllos auf dem Boden verstreut herum. Die Bettvorleger waren weggeschleift und durch frische Bettüberzüge ersetzt worden, und das Bett war bis auf die Matratze abgezogen. Die Scheibe der Balkontür war eingeworfen, und die große Porzellanvase mit den kitschigen Heidemotiven, die normalerweise im Gästezimmer auf der Kommode stand, lag zerbrochen draußen auf dem Balkon.

Aber dafür haben wir ja unsere Versicherung – Birgit und Wolfgang Lenhard steht auf der Police, erzählte Birgit ihrem lächelnden Spiegelbild im Badezimmer. Sie drehte den Wasserhahn auf und wischte sich das Blut von den Händen. Das Lächeln auf ihrem Gesicht gefror, als Sylvia plötzlich hinter ihr stand.

-XXVII-

Bierbach, 16. August 2003

Hauptkommissar Feuerstein hatte nur Alfred in Hannelores Haus gelassen. Und auch ihn nur höchst widerwillig. Jessica musste mit den anderen draußen warten. Aber Gerlachs Roswitha, ihr Mann Volker und Venne Oscar konnten ihr erzählen, was passiert war.

Roswitha hatte vom Garten aus beobachtet, wie Falk nach Hause gekommen war. Sie hatte ihn ins Haus gehen und Sekunden später wieder herausstürzen sehen, als sei der Leibhaftige persönlich hinter ihm her. Mitten auf der Straße war er dann plötzlich stehen geblieben, hatte sich umgedreht und war wie ein Schlafwandler ins Haus zurückgegangen. Die Haustür hatte er jedes Mal sperrangelweit hinter sich offen stehen lassen.

Das war ihr dermaßen merkwürdig vorgekommen, dass sie ihm ins Haus gefolgt war, um nachzusehen, was mit ihm los sei.

»Das hätte ich auch gemacht«, sagte Jessica und zündete sich eine Zigarette an.

»Gibst du mir auch eine, Jessica?«, fragte Volker.

Sie hielt ihm die Schachtel hin.

»Ich habe so etwas Grauenvolles noch nie gesehen. Überall Blut und Erbrochenes. Und Hannelore mittendrin. Und Falk saß auf dem Boden und starrte sie an«, berichtete Roswitha weiter. »Ich kriege jetzt noch eine Gänsehaut, wenn ich daran denke.«

»Roswitha hat mich dann gleich gerufen, und wir haben noch den Oscar mitgenommen, der vor dem Haus sein Auto gewaschen hat.« Volker nahm einen tiefen Zug aus seiner Zigarette. »Es war ein furchtbarer Anblick. Hannelore saß da, ans Kopfende gelehnt, und war tot. Und splitterfasernackt war sie. Es war so viel Blut überall, dass kein Blut mehr in ihr drin gewesen sein kann. Kein Tropfen.«

»Das Blut muss ihr aus dem Hals herausgeschossen sein wie eine Fontäne«, sagte Oscar und starrte ins Leere. »Ich habe dann sofort den Andreas angerufen.«

*

Vom Mühlwiesenweg kam in dem Moment Otto Bender angerannt, gejagt von den drei Weber-Brüdern.

»Bbleib sstehen, du Ddepp!«, rief Karl außer Puste. »Ich schschlag ddir ddeinen Schschädel ein.«

Otto rannte auf die Menschenmenge zu, die sich vor Hannelores Haus versammelt hatte und zusehends größer wurde.

Die Weber-Brüder blieben in einigem Abstand vor der Gruppe stehen. Nur Karl kam nach kurzem Zögern näher.

»Lasst doch den armen Otto in Ruhe«, wies Venn ihn zurecht.

Karl blitzte ihn wütend an. »Wwas wweist ddenn du, Oscar? Ddein armer Otto hhat dder Ppolizei ggesagt, ich hhätte dden Wolfgang umgebbracht.«

»Hab ich gar net!«, protestierte Otto.

»Ich kkrieg ddich schschon nnoch mal in ddie Ffinger«, drohte ihm Karl und schwenkte seine Faust. Dann wandte er sich den anderen zu und fragte: »Wwas ist hhier überhhaupt los?«

»Hannelore ist tot«, antwortete Oscar.

»Mmein Vvater ist auch tot. Ddarum kkümmert sich kkeiner. Bbei der Kkanzel hhaben sie ihn vvorggestern gefunden. Und bbis hheute ist nnoch kkeiner vvon euch bbei mmeiner Mmutter vorbbeiggekommen und hhat sie ggefragt, wwie es ihr ggeht.« Er schaute in die Runde. »Oder wwar schschon jjemand vvon euch bbei mmeiner Mmutter und hat ihr ddas Bbeileid aausggesprochen? Schscheinheilige Bbagage. Schscheinheilige!« Er spuckte auf den Boden und stapfte beleidigt davon. Seine beiden Brüder folgten ihm wie Schatten.

Inzwischen war die Menschenansammlung vor Hannelores Haus noch weiter angewachsen.

Es ist schon erstaunlich, dachte Jessica. Wenn in einem Dorf etwas passiert, geht die Nachricht herum wie ein Lauffeuer, und in kürzester Zeit erscheinen alle am Ort des Geschehens. Ein bisschen kam sie sich vor wie eine Fremde.

Sie beschloss, ins Haus zu gehen, um zu sehen, wie weit Alfred mit seinen priesterlichen Pflichten gekommen war, und um ihn zu fragen, ob sie ihn mit zurücknehmen solle. Für sie selbst gab es keinen Grund, hier länger zu verweilen.

Jessica wunderte sich, dass sie jetzt auf einmal so problemlos ins Haus gehen konnte. Aber scheinbar hatte Feuerstein den Posten an der Tür abgezogen, da sie sowieso mit ihrer Arbeit fertig waren.

Durch die offene Schlafzimmertür sah sie die Leute von der Spurensicherung in ihren weißen Schutzanzügen hantieren. Alfred war nirgends zu sehen.

Jessica schaute entsetzt auf das blutgetränkte Bettzeug. Hier hatte jemand wie im Blutrausch gewütet und der süße, metallene Geruch des Blutes stieg ihr in die Nase.

Roswithas Bericht zufolge hatte sie sich auf das Schlimmste vorbereitet, aber was sie jetzt sah, erschütterte sie bis ins Mark. Sie war froh, dass Hannelores Leichnam nicht in ihrem Blickfeld lag.

Feuersteins Assistentin fasste sie am Arm. »Was machen Sie denn hier?«

»Ich suche Pfarrer Bubel.«

»Der spricht mit Falk. Da können Sie jetzt nicht stören. Der Junge ist fix und fertig.«

Der arme Junge, dachte Jessica, während sie das Haus verließ. Der Vater immer noch wie vom Erdboden verschluckt und die Mutter tot. Sie war froh, dass wenigstens Alfred bei ihm war.

-XXVIII-

Bierbach, 16. August 2003

Es war später Nachmittag, als Jessica zu Sylvia und Margot zurückfuhr. Auf der Hügelstraße hatte sie die Sonne im Rücken. Sie blitzte ab und zu in ihrem Rückspiegel auf und blendete Jessica trotz Sonnenbrille. Seit Wochen strahlte sie nun schon unentwegt von einem wolkenlosen Himmel, unbeeindruckt von dem düsteren Geschehen in diesem kleinen Dorf an der Blies.

In der Bühlstraße angekommen, parkte sie hinter Birgits Auto. Sie stieg aus und klingelte an Sylvias Haustür.

Margot öffnete. »Jessi! Du glaubst ja nicht, was hier los war, während ihr weg wart!« Sie lehnte sich erschöpft an den Türrahmen. »Birgit hat vollkommen den Verstand verloren. Ich bin froh, dass sie jetzt aus dem Haus ist.«

»Und wo ist sie jetzt? Ihr Auto steht doch noch da.«

»Wir haben sie abholen lassen müssen.« Margot zog Jessica ins Haus und schloss die Tür. »Sie ist auf dem Weg nach Homburg in die Psychiatrie.«

»Was für ein Tag! Birgit in der Psychiatrie, Hannelore tot. Was kommt noch?«

Margot bugsierte Jessica weiter in die Küche, wo Sylvia am Küchentisch saß und ihr gespannt entgegensah.

»Hannelore hat Selbstmord begangen«, begann Jessica und schilderte die Einzelheiten.

»Als heute Mittag der Anruf kam, habe ich für einen Moment gedacht, sie sei ermordet worden«, sagte Sylvia. »Bei Wolfgangs Tod wurde darüber ja auch spekuliert. Wir sind wohl momentan alle ein bisschen hysterisch, weil fast zeitgleich die fünf Ermordeten bei der Kanzel gefunden wurden.«

Margot sah Jessica erschrocken an. »Weißt du, woran ich gerade denken muss? Du bist die Einzige, die den Mörder gesehen hat. Wo ist eigentlich deine Zeichnung?«

»Die Zeichnung? Wenn du sie nicht wieder eingesteckt hast, haben wir sie im Pfarrhaus liegen lassen.«

-XXIX-

Bierbach, 16. August 2003

Pirmin Bubel verließ nicht mehr oft sein Haus in der Korngartenstraße. Sonntags ging er natürlich mit seiner Frau in die Kirche, um Alfred predigen zu hören. Ansonsten verbrachten seine Frau und er die Zeit mit Beten und Fernsehen. Und wenn seine Frau zum Einkaufen unterwegs war, setzte sich Pirmin an den runden Tisch im Wohnzimmer und schrieb seine geheimen Geschichten.

Die Jahre, die ihm noch blieben, gedachte er so unauffällig und so schnell wie nur irgend möglich hinter sich zu bringen.

Warum die meisten Menschen das Leben als großes Geschenk sahen und auf Gedeih und Verderb daran hingen, konnte er nicht verstehen. Wenn sein Leben ein Geschenk war, dann war es ein ungewolltes, ein zähneknirschend angenommenes. Wie die langen Unterhosen, die er jedes Jahr von seiner Frau zu Weihnachten bekam.

Seine Lieblingsstelle in der Bibel handelte von Hiob, der klagte: *»Warum bin ich nicht im Mutterschoß gestorben? Warum wurde ich geboren?Warum kamen mir Brüste entgegen, dass ich daran sog?Dann läge ich jetzt still und hätte Ruhe und Frieden. Wie eine verscharrte Fehlgeburt wäre ich, wie ein Kind, das nie das Licht der Welt geschaut.«*

Er ging zum Wohnzimmerschrank und öffnete die Tür, in der er seine Schätze aufbewahrte. Sie waren wieder vollzählig und das beruhigte ihn. Er nahm einen grauen Aktenordner heraus und trug ihn zum Tisch. Dann setzte er sich auf einen der Polsterstühle und schlug den Deckel auf. Er blätterte und las die eine und andere Stelle, die er schon auswendig kannte. Seine Augen mussten sich beim Lesen erst an das Dämmerlicht gewöhnen, denn die Rollläden waren wegen der Hitze ganz heruntergelassen.

Er hatte immer gewusst, was es bedeutete, wenn sein Vater in den Keller hinunterschlurfte und die Axt von der Wand nahm.

Zur Wiedergutmachung hatte er es als seine Aufgabe angesehen, jedem einzelnen Toten ein Leben zu erfinden, das so schön war, wie es in Wirklichkeit nie hätte sein können.

Jean-Pierre Grosser ließ er in seiner Geschichte bis nach Amerika wandern, wo der lothringische Wanderarbeiter auf einer Farm im Mittelwesten sein Glück fand.

Hans-Peter Orloff, das jüngste Opfer des Permes, hatte in seiner Geschichte Medizin studiert und arbeitete als Chefarzt in der Homburger Uni-Klinik. Jede Woche erschien ein Artikel von Dr. Orloff in der Saarbrücker Zeitung, in dem er Tipps für die Gesundheit gab.

Den Michael Hanauer ließ er sein Mädchen heiraten und zwei Kinder kriegen. Außerdem besaß Michael eine gut gehende Autowerkstatt in Blieskastel.

Herbert Weber entsagte dem Alkohol, nahm eine Arbeit im Dingler-Werk an und erzog seine drei Söhne zu rechtschaffenen Leuten.

Christa Bender bekam von Otto einen Sohn, der später Berufsfeuerwehrmann wurde und viele Menschenleben rettete. Er war der ganze Stolz seiner Eltern.

Pirmin nahm seinen Füllfederhalter aus der Brusttasche und blätterte weiter, bis er zu einer leeren Seite kam. Hier würde eine neue Geschichte beginnen, freute er sich.

Er würde auch Ruhe haben, sie zu schreiben, denn seine Frau Lisbeth war mit anderen Nachbarsfrauen in die Heinzenstraße gelaufen, wo es wieder einen Todesfall gegeben hatte. Alfred würde bestimmt auch dort sein, um der Toten die letzte Ölung zu geben.

Bei dem Gedanken an seinen Sohn wurde es ihm warm ums Herz. Früher war er sehr streng mit Alfred gewesen, besonders nachdem Alfred ihm eines Tages erzählt hatte, ihm sei der Permes mitten auf dem Felsenpfad begegnet.

»Gehn nie alleen in de Wald«, hatte er ihn immer gewarnt. Er hätte Alfred diese Warnung am liebsten in den Kopf hineingeprügelt. Das hörte sich grausam an, doch viel grausamer war für ihn immer die Vorstellung gewesen, Julius Bubel könne eines Tages seinen eigenen Enkel töten.

Alfred darf nie etwas davon erfahren, schwor sich Pirmin. Sein Sohn war ein guter Mensch und alles Dunkle war ihm fremd. Deswegen war er auch Priester geworden. Und vielleicht wurden durch Alfreds Nähe zu Gott die Sünden der Väter verziehen.

Es klingelte an der Haustür.

Pirmin hob den Kopf und lauschte argwöhnisch. Das Klingeln

war ein ungewohnter Ton in seinem Haus, denn sie bekamen nie Besuch. Außer Alfred, der einen Schlüssel hatte, war seit Jahren kaum ein Mensch über ihre Schwelle getreten. Als es zum zweiten Mal klingelte, stand er auf, räumte seine Aufzeichnungen in den Schrank zurück und ging hinaus.

Durch das grüne Butzenglas der Haustür zeichneten sich schemenhaft zwei Gestalten ab.

Er öffnete.

»Guten Tag! Sind Sie Herr Bubel, der Sohn von Julius Bubel?«, fragte die Frau, die draußen stand, höflich lächelnd.

Pirmin gab keine Antwort.

»Sie kennen uns nicht. Mein Name ist Elvira Schmiedinger und das«, sie deutete auf den Mann neben sich, »ist mein Mann Konrad.«

Pirmin sah sie verständnislos an.

»Vielleicht sagt Ihnen mein Mädchenname mehr«, fuhr Elvira fort, als ihr Gegenüber immer noch nicht reagierte. »Mein Mädchenname ist Orloff. Hans-Peter Orloff war mein Bruder. Ich kann mich noch an die Zeit erinnern, als hier lauter Kornfelder standen.« Elvira beschrieb mit dem Arm einen weiten Bogen.

»Kommen Sie herein«, sagte Pirmin mit hohler Stimme. Er trat einen Schritt zur Seite und winkte die beiden herein, wie der Klabautermann die toten Seelen der Seemänner.

Tu es nicht! Tu es nicht!, warnte Elviras innere Stimme, während sie die drei Treppenstufen hochstieg und das dunkle Haus betrat.

-XXX-

Bierbach, 16. August 2003

Hannelores Leiche war vor einer Viertelstunde abtransportiert worden. Die Menschen vor dem Haus hatten ehrfürchtig eine Gasse gebildet, als ihr Sarg herausgetragen worden war.

Alfred stand in der offenen Tür und schaute dem Krankenwagen nach, der Falk in die Klinik brachte, nachdem er eine Beruhigungsspritze erhalten hatte und sein Zustand einigermaßen stabil war.

Dass es Selbstmord gewesen war, hatte der Pathologe vor Ort festgestellt. Hannelore hatte die blutige Scherbe noch in ihrer Hand gehalten. Warum sie es getan hatte, würde ein Geheimnis bleiben. Sie hatte nichts hinterlassen.

Die Menge verlief sich allmählich, und auch Alfred wollte nach Hause. Die Ereignisse der letzten Tage hatten ihn müde gemacht und er wünschte sich, in einem langen, traumlosen Schlaf alles für eine Weile vergessen zu können.

Ein Gedanke ließ ihn jedoch nicht los. Etwas in seinem Inneren suggerierte ihm, dass das ganze Unheil letztendlich auf eine einzige Tat zurückzuführen sei, und der Permes spielte eine wichtige Rolle dabei.

Jessicas Zeichnung kam ihm in den Sinn. Als er sie vor ein paar Stunden in den Händen gehalten hatte, hätte er sie am liebsten verbrannt. Hatte er das Gesicht doch sofort erkannt.

War der Name des Bösen gar nicht Permes? War der Name, der für das Böse stand, sein eigener? Der Name des Pfarrers von Bierbach?

Zu der Ahnung, die ihn peinigte, seit er Jessicas Zeichnung gesehen hatte, kam eine zweite hinzu, die ihm fast den Verstand raubte: Das Erbe der Väter, weitergegeben vom Vater auf den Sohn.

Seine Mutter stand als Einzige noch auf der Straße und starrte ihn an. Ihre Arme hingen kraftlos an ihr herunter. Ihr Rosenkranz lag auf dem Asphalt und Alfred schien es, als würde der Asphalt um die kleinen Perlen herum brodeln.

-XXXI-

Bierbach, 16. August 2003

Pirmin stand am Küchenfenster und starrte durch die Schlitze des heruntergelassenen Rollladens auf das Auto mit dem Pforzheimer Kennzeichen, das vor seinem Haus geparkt war.

Wie sollte er es loswerden? Er hatte keinen Führerschein. Wenn jemand fragte, könnte er ja einfach sagen, dass er nicht wisse, wem es gehöre. Aber was wäre, wenn jemand gesehen hätte, wie das Ehepaar aus diesem Auto ausgestiegen und in sein Haus gegangen war?

Er würde es dieses Mal mit der Axt tun, so wie sein Vater es immer getan hatte. Das wäre dann für ihn Mord Nr. Zwei und Drei. Bald hätte er ihn eingeholt.

Und wie sein Vater tat er es auch nicht aus freiem Willen. Beide wurden gezwungen von einer höheren Macht, die nicht die Macht Gottes war, sondern die des Permes, des Herrschers des Waldes.

Wenn sein Vater es zum Wohle des Dorfes getan hatte, so tat er es, um das Andenken seines Vaters rein zu halten und seinen Sohn zu schützen.

Er würde die beiden unter einem Vorwand in die Waschküche locken. Dort könnte er hinterher mit dem Schlauch alle Spuren beseitigen. Von der Waschküche aus führte eine Tür direkt zum Garten, wo er die beiden Eindringlinge im Blumenbeet vergraben könnte.

»Herr Bubel? Wenn Sie jetzt keine Zeit für uns haben, dann gehen wir wieder!«, rief der fremde Mann aus dem Wohnzimmer.

Pirmin erstarrte. Langsam ging er aus der Küche. Im Flur blieb er einen Moment stehen, weil er an der Eingangstür ein kratzendes Geräusch hörte.

»Hallo!«, rief er leise.

»Hallo!«, rief die Frau aus dem Wohnzimmer zurück.

Pirmin machte eine abwehrende Handbewegung und starrte auf die Eingangstür, die langsam geöffnet wurde.

»Ich dachte schon, ich hätte den falschen Schlüssel. Guten Abend, Vater.«

»Alfred! Du?«

»Ich muss mit dir reden, Vater.« Alfred schloss die Tür hinter sich.

Einen Moment standen sich die beiden Männer in der bedrückenden Dunkelheit des Flurs gegenüber. Dann ging die Wohnzimmertür auf und ein Mann und eine Frau kamen heraus, die Alfred noch nie zuvor gesehen hatte.

»Wir gehen jetzt besser wieder, Herr Bubel«, sagte die Frau. »Ich wollte Sie ja auch eigentlich nur einmal kennen lernen und Ihnen sagen, wie dankbar ich Ihrem Vater immer noch bin, dass er mich damals oft so nett in den Arm genommen und getröstet hat, als mein kleiner Bruder verschwunden war.«

Alfred hörte der Frau überrascht zu.

»Ich bin eine geborene Orloff«, erklärte sie. »Hans-Peter Orloff war mein Bruder.«

Alfred sah seinen Vater an und erschrak. Er schaute in die Augen seines Vaters und sah die seines Großvaters.

»Vielen Dank für Ihren Besuch. Aber meinem Vater geht es nicht gut. Ich muss Sie leider bitten, jetzt zu gehen«, sagte Alfred und brachte den Überraschungsbesuch zur Tür.

»Sag mir die Wahrheit«, drängte er seinen Vater, als sie wieder allein im Haus waren.

Pirmin ging wortlos ins Wohnzimmer und Alfred folgte ihm.

»Setz dich, mein Sohn.«

Alfred setzte sich an den Wohnzimmertisch, an dem in seiner Kindheit sonntags immer zu Mittag gegessen worden war. Mit Wehmut dachte er an diese Zeit zurück.

Pirmin ging zum Schrank und öffnete eine Tür. Er nahm einen Aktenordner heraus und einen großen braunen Umschlag. Alfred entging keine seiner sparsamen Bewegungen. »Was hast du da?«, fragte er.

»Die Wahrheit«, antwortete sein Vater schlicht. »Es scheint, du sollst sie jetzt erfahren.« Er gab Alfred den Umschlag. »Hier, lies. Es sind Aufzeichnungen deines Großvaters. Hier drin hat er alles aufgeschrieben.«

Alfred nahm den Umschlag von seinem Vater entgegen und zögerte einen Moment, bevor er ihn öffnete. Er nahm die dicht beschriebenen Seiten heraus und begann zu lesen:

Bierbach, *14. März 1978 – Aufzeichnung von Julius Bubel*

... und jetzt, da ich ein alter Mann bin und bald meinem Herrgott gegenüberstehe, lege ich Beichte ab und hoffe, dass mir der Allmächtige verzeihen möge. Habe ich doch alles in seinem Sinne tun wollen.
Was ich getan habe, habe ich für meine Heimat getan. Warum ausgerechnet ich auserwählt wurde, weiß nur der Allmächtige. Aber ich habe die schwere Bürde klaglos getragen. Und es war eine Bürde und viele Tränen habe ich geweint.
Der Kampf gegen das Böse hat mich nie losgelassen. Denn dass das Böse in unserer Welt lebt und gedeiht, weiß ich seit jenem Tag, als meine Freunde und ich dem abscheulichen Treiben des Permes mit der Bas Stollebett zusehen mussten. Die Vereinigung von Teufel und Weib.
Und wie er aus der Hütte der Bas verschwunden war, der Permes, ist es geflohen, das vermaledeite Weib. Zur Kanzel, von der aus uns der Heilige Pirminius das Wort Gottes verkündigte. Und um ihn und uns zu verhöhnen, stieg sie die Kanzel hinauf und entweihte den Ort unseres Heiligen durch obszönes Gebaren.
Als dann noch der Permes zu ihr herabstieg und an dem schändlichen Treiben teilnahm, wussten wir, was wir zu tun hatten.
Der Bas wuchsen Flügel und sie flog von der Kanzel herab zu unseren Füßen. Und der Permes lachte.
Es war unsere Pflicht als Christenmenschen, dem Treiben der Ungläubigen ein Ende zu setzen, und so nahmen wir unsere Äxte und erschlugen die alte Bas. Und oben auf der Kanzel stand noch immer der Permes, mit blitzenden schwarzen Augen, und lachte.
»Das ist mein Revier! Ich bin der Herrscher des Waldes!« schrie er wie von Sinnen. »Wenn ihr nicht verschwindet, dann hause ich in eurem Dorf!«
Wir liefen zurück ins Dorf. Angst hatten wir alle drei, doch nur ich wusste, wie ernst es der Permes meinte. Wir gelobten uns, nie einer Menschenseele zu verraten, was wir mit ansehen mussten, noch was wir getan hatten.

Ist Gott nicht stark genug, den Permes zu besiegen? Warum musste ich als Werkzeug dienen und Schuld auf mich laden? Du sollst nicht töten, spricht der Herr.
Ich opferte dem Permes eine Seele, so wie er es jedes Mal im Traum von mir verlangt hat, wenn die Bierbacher wieder ein Stück seines Waldes in Besitz nahmen.
Zuerst war es der Grosser, der für die Jagdhütte sein Leben geben musste, dann Hans-Peter Orloff für den Spielplatz, Michael Hanauer für die asphaltierte Straße, Herbert Weber für den zweiten Fischteich und Christa Bender für die Kneippanlage.
Ohne Wissen meiner beiden Kameraden, die der Herr schon zu sich gerufen hat, versuchte ich mein ganzes Leben lang das Unheil von meinem Dorf fernzuhalten …

Alfred steckte die Aufzeichnungen seines Großvaters wie in Trance zurück in den Umschlag, legte ihn vor sich auf den Tisch und sah seinen Vater mit einem langen, durchdringenden Blick an. »Du hast Wolfgang umgebracht.«

Sein Vater zuckte mit den Schultern. »Er stand schon auf der Leiter. Ich brauchte ihn nur anzustoßen.«

»Warum?«, fragte Alfred.

»Ich werde dir alles beichten, mein Junge.«

»Nein das wirst du nicht!« Alfred stand auf, ging zum Telefon und wählte Feuersteins Nummer.

-XXXII-

Bierbach, 17. August 2003

Jessica und Margot saßen auf den Treppenstufen, die von der Terrasse zum Garten führten, und warteten auf den Morgen.

Sie saßen nebeneinander, Schulter an Schulter, und wussten, dass sie sich vielleicht nie mehr so nahe sein würden. Bald würde es hell werden. Und der neue Tag würde ein Tag des Abschieds sein. Margot spürte, wie eine kalte Hand ihr Herz zusammendrückte.

»Weißt du, was mich beschäftigt, Margot?«

»Ich kann es mir denken. Dein Großvater hat auch einen Mord auf dem Gewissen. Den Mord an der Bas Stollebett.«

»Ja. Ein schrecklicher Gedanke für mich. Und hätte Wolfgang nicht eine Geschichte über diesen verdammten Permes schreiben wollen, wäre er noch am Leben.«

»Ja, wenn und hätte. Hätten Johann, Julius und Max Holz geschlagen, statt zur Bas Stollebett in die Hütte zu kriechen, wären die Bas Stollebett, der Grosser, der kleine Orloff, der Hanauer Michael, der Weber Herbert, Christa und Wolfgang alle nicht ermordet worden.«

Jessica begann zu frösteln und Margot nahm sie in die Arme.

Im Haus schräg gegenüber lag Sylvia wach im Bett. Sie hätte Alfreds Vater gerne gehasst für das, was er ihr und Wolfgang angetan hatte. Aber das Einzige, was sie in dieser Nacht empfand, war eine irrationale Wut auf Wolfgang, weil er sie allein zurückgelassen hatte.

Sie konnte es nicht fassen. Wolfgang könnte noch am Leben sein, hätte er Alfreds Vater die Aufzeichnungen einfach zurückgegeben, anstatt ihm zu sagen, er wolle sie Alfred und Feuerstein zeigen.

»Verzeih mir, Wolfgang. Ich denke Unsinn. Ich denke lauter Unsinn. Es tut mir Leid, dass ich so wütend auf dich bin, aber ich vermisse dich so«, flüsterte Sylvia unter Tränen.

Im Pfarrhaus brannte noch Licht.

In der Küche saß Frau Vatermann vor einem Becher Kaffee. Wie ein Lauffeuer hatte sich am Abend die Nachricht im Dorf verbreitet, dass der Vater ihres Herrn Pfarrers verhaftet worden war und seine Mutter nach einem Nervenzusammenbruch im Krankenhaus lag.

Das Herz wurde ihr schwer, wenn sie an ihren Herrn Pfarrer dachte. Sie hatte sich vorgenommen, die Nacht zu wachen. Wenn nicht mit ihm, so doch einen Raum weiter, um da zu sein, wenn er sie brauchte. Sie hörte seine Schritte und hoffte, dass er bald Frieden finden würde.

Alfred lief im Wohnzimmer auf und ab. Er sehnte sich nach einem tröstenden Gebet, doch er wagte es nicht, seinen Gott anzurufen, als befürchte er, der Allmächtige könne seine Hand von ihm genommen haben.

Er bedauerte, sich nicht von Jessica, Margot und Silvia verabschiedet zu haben, hoffte aber, sie würden es verstehen, dass er niemanden mehr sehen wollte.

Er erinnerte sich daran, dass Wolfgang und er einmal über den Permes gesprochen hatten. Wolfgang hatte die Geschichte vom Permes aufschreiben wollen.

»Vielleicht hat dein Großvater etwas hinterlassen«, hatte Wolfgang gemeint. »Meiner hat nichts hinterlassen und Jessica will ich deswegen nicht extra anrufen.«

»Keine Ahnung, da musst du meinen Vater fragen«, hatte Alfred geantwortet.

Wolfgang war tatsächlich zu seinem Vater in die Korngartenstraße gegangen, doch der war, Ironie des Schicksals, an diesem Tag nicht zu Hause gewesen. Also hatte seine Mutter Wolfgang den Umschlag aus dem Wohnzimmerschrank gegeben, ohne zu wissen, was er beinhaltete.

Alfred blieb vor dem Couchtisch stehen, nahm Jessicas Zeichnung in die Hand und betrachtete noch einmal das Gesicht seines Großvaters. Dann rollte er sie zusammen. Er würde sie mitnehmen, wo immer er hingeschickt werden würde.

Sein Bischof, mit dem er am gestrigen Abend noch telefoniert hatte, würde ihn heute abholen lassen, und Bierbach würde von einer anderen Pfarrei mitbetreut werden, bis ein neuer Pfarrer gefunden war.

Alfred hörte Frau Vatermann in der Küche. Er ging zu ihr hinüber.

Frau Vatermann stand auf. »Kann ich etwas für Sie tun, Herr Pfarrer? Möchten Sie vielleicht eine Tasse Kaffee?«

»Nein, danke, Frau Vatermann. Aber wenn Sie so freundlich wären, meine Sachen zu packen.«

»Muss es wirklich sein, Herr Pfarrer?«

»Ein Pfarrer, dessen Vater und Großvater Mörder sind, ist nicht mehr haltbar in der Gemeinde. Ich werde heute Morgen noch eine Messe halten, und dann muss ich gehen.«

»Für immer?«

Alfred nickte und der Schmerz schnürte ihm die Kehle zu.

Ein paar Minuten später öffnete er die Kirchentür, tauchte seine Hand in das Weihwasserbecken, bekreuzigte sich und ging den Mittelgang entlang.

Vor den Stufen zum Altar blieb er stehen und kniete nieder. Er nahm allen Mut zusammen und betete um Vergebung. Dankbar für die Liebe Gottes und die Geborgenheit, die er immer bei ihm gefunden hatte, nahm er allein für sich Abschied von seiner Kirche und seinem Heimatort.

Es war schon hell, als Margot Jessica auf die Straße begleitete.

»Ist dir aufgefallen, dass wir nie über uns geredet haben?«, fragte Margot.

»Weil zwischen uns immer alles klar war. Wir haben es nur oft nicht sehen wollen«, antwortete Jessica und warf ihre Reisetasche auf den Beifahrersitz. »Ich fahre jetzt. Kommst du mit?«

Margot wich Jessicas Blick aus.

»Ich kann nicht, Jessi. Ich bin hier zu Hause.«

Jessica nickte. Sie öffnete die Autotür.

»Wann kommst du wieder?«, fragte Margot.

»Ich weiß es nicht.«

Sie nahmen sich noch einmal in die Arme und küssten sich.

Nachdem sie Abschied genommen hatten, stand Margot noch lange auf der Straße. Erst sah sie Jessica nach, bis sie nicht mehr zu sehen war. Dann hörte sie auf das Motorengeräusch, bis es nicht mehr zu hören war. Und dann hatte sie Angst, in das leere Haus zurückzugehen.

-XXXIII-

Bierbach, 17. August 2003

Es war kurz vor zehn und die Kirchenglocken läuteten die Gläubigen zur Messe, als Margot zur Kirchenpforte hereinkam.

Die Kirche war bis zum letzten Platz besetzt. Diejenigen, die, wie Margot, ein paar Minuten später kamen, mussten sich mit Stehplätzen begnügen.

Margot sah Sylvia neben der Statue der Heiligen Barbara stehen. Sie nickten sich zu und Sylvia deutete mit ihrem Blick ins Kirchenschiff.

Margot folgte ihrem Blick und bemerkte, dass die zwölf Apostelleuchten brannten, die normalerweise nur bei besonderen Anlässen oder hohen Feiertagen angezündet wurden. Dass Alfred heute seinen letzten Gottesdienst hielt, war solch ein besonderer Tag. Obwohl sie wusste, dass einige der Anwesenden nur aus Neugierde hier war, freute es sie, dass die Kirche zu Alfreds Abschied so voll war wie noch nie zuvor.

Die Glocken hörten auf zu läuten, und es war für kurze Zeit still. Nur vereinzeltes Husten oder Scharren mit den Füßen war zu hören.

Margot fragte sich, wie es Alfred wohl gehen mochte.

Sie erinnerte sich daran, wie er vor vielen Jahren, als er noch ganz neu im Amt gewesen war, mit ihr und Sylvia durch die Kirche gegangen war und ihnen mit stolzer Miene alles gezeigt und erklärt hatte. Zum Beispiel, dass das Lesepult Ambo hieß und das ewige Licht ein Zeichen dafür war, dass sich in dem daneben stehenden Tabernakel geweihte Hostien befanden.

In der Sakristei hatten sich Alfred und die Messdiener für den Gottesdienst vorbereitet.

Die Messdiener standen im Gang zwischen Seitenschiff und Sakristei. Sie trugen ihre weißen Alben mit den grünen Kordeln um die Taille. Die Farbe der Kordel war immer identisch mit dem Messgewand des Pfarrers. Grün bei einer normalen Messe, rot bei hohen Feiertagen und violett während der Advents- und Fastenzeit und bei Trauer.

Alfred kam aus der Sakristei. Er spürte gar nichts mehr. Eine schreckliche Leere hatte sich in ihm ausgebreitet. Sein einziger Wunsch in diesem Moment war, den Gottesdienst, seinen letzten, so gut wie möglich hinter sich zu bringen.

Er trat zu den Messdienern und sprach, wie so viele Male zuvor: »Unsere Hilfe ist im Namen des Herrn …«, und die Messdiener antworteten: »… der Himmel und Erde erschaffen hat.«

Drei Gongschläge ertönten, die Gemeinde erhob sich, und Alfred und die Messdiener betraten das Kirchenschiff.

Er begrüßte die Gemeinde, dann sangen sie das erste Lied. Eine Lesung aus der heiligen Schrift folgte, dann das Evangelium. Danach kam der Höhepunkt, die Wandlung von Brot und Wein in den Leib und das Blut Christi.

»… das ist das Brot, mein Leib, der für euch und für alle geopfert wurde … Das ist mein Blut, das für euch und für alle vergossen wurde …«

Jessica saß auf einer der mittleren Bänke, zwischen dem Gastwirt Theo, von dem sie immer angenommen hatte, dass er evangelisch wäre, und einer Journalistin von der Saarbrücker Zeitung, die ein kleines Aufnahmegerät auf ihrem Schoß liegen hatte.

Sie war schon auf der Heilbronner Autobahn gewesen, als sie sich dazu entschlossen hatte, umzudrehen und zurückzufahren. Sie wollte plötzlich unbedingt bei Alfreds letztem Gottesdienst dabei sein. Das war sie ihm einfach schuldig.

Die Gemeinde stand auf und das Vaterunser wurde gebetet.

Jessica nutzte die Gelegenheit, sich nach Margot umzusehen. Sie entdeckte sie neben der Pforte, machte aber keine Anstalten sich bemerkbar zu machen. Der Abschied von Margot war ihr schwer gefallen, sie wollte ihn um nichts in der Welt noch einmal wiederholen.

Als die Kommunion gespendet wurde, blieben sie, die Journalistin und Theo als Einzige in der Bank sitzen. Alle anderen gingen zum Altar, um aus Alfreds Hand die Hostie zu empfangen.

Jessica betrachtete Margot, wie sie in der Schlange stand, verlor sich im Anblick ihrer blonden Haare, verfolgte sie mit ihren Augen weiter, bis sie an den Stufen zum Altar angekommen war.

»Der Leib Christi«, sprach Alfred.

»In Ewigkeit Amen«, antwortete Margot, nachdem sie die Hostie in Empfang genommen hatte.

Jessica erhob sich und schob sich seitwärts aus der Bank zum Mittelgang. Sie wollte nicht, dass Margot sie entdeckte.

Dafür entdeckte Alfred Jessica, und lächelte ihr zu.

Mit dem Gefühl, das Richtige getan zu haben, verließ sie die Herz-Jesu-Kirche zu Bierbach und drehte sich nicht mehr um.

-XXXIV-

Bierbach, 17. August 2003

»Irgendwann ist Schluss!«, brummte Theo.

Erst war er seiner Frau zuliebe in die Kirche gegangen und jetzt sollte er auch noch das Bild vom Permes von der Wand nehmen. Und das, obwohl es dort schon seit Jahrzehnten hing. Es hatte schon dort gehangen, als noch Theos Vater die Wirtschaft führte.

»Der wird dich schon nicht beißen«, hatte er zu Ruth gesagt, aber sie blieb unerbittlich. Seine Frau wollte die schwarze Gestalt mit den stechenden Kohleaugen nicht mehr sehen und drohte, die Wirtschaft erst wieder zu betreten, wenn das Bild mit dem Permes verschwunden war.

Also was sollte er tun? In einer Viertelstunde würden die ersten Gäste zum Frühschoppen kommen, und da brauchte er Ruth hinter der Theke und in der Küche.

»Als ob das Bild was dafür kann«, brummte er, nahm es von der Wand und trug es in den Hof hinter dem Haus. Da es mit dem Rahmen, den Ruth auch nicht mehr sehen wollte, nicht in die Mülltonne passte, stellte er es erst einmal daneben.

Dann ging er wieder hinein und genehmigte sich ein kühles Bier, bevor er den Hammer aus dem Werkzeugkasten unter der Theke herausholte.

Als er ein paar Minuten später mit dem Hammer in den Hof zurückkam, war der Permes verschwunden.

ENDE

Glossar

awwer: aber
Babbe: Vater
Buwe: Jungs
daab: taub
Dähl: Teil
Dehemm: Zuhause
demet: damit
Dochtermann: Schwiegersohn
èmol: einmal
èrinn: herein
erläwe: erleben
Gäggischer: Witzfigur
gedählt: geteilt
greschte: größte
Hammel austanzen: Tanzwettbewerb auf der Kirmes, bei dem der erste Preis ein Hammel war
Humborch: Homburg (saarländische Kreisstadt)
iwwermied: übermüdet
Jubbefaller: (von frz. Jupe; Rock, Jacke) jemand, der einem auf die Nerven geht
Kaadeblätsch: Kartenlegerin, Wahrsagerin
Kerb: Kirmes, Kirchweih
Mamme: Mutter
mei Mad: mein Mädchen
Mores: Angst
Muschtergret: Frau, die sich auffällig schmückt
neverm leit: neben ihm liegt
Plotzer: jemand, der viel arbeitet
Retsch: jemand, der Gerüchte und Neuigkeiten verbreitet
Schebbi Laab: schiefer Mund
schlaat: schlägt
Schnäkes: Süßigkeiten
Schwaduddler: jemand, der zu viel trinkt und sinnlos schwafelt
Serrstrang: eine Straße in Bierbach
Struss: Mund
teische: täuschen
Vadder: Vater
Westrich: westlicher Teil vom Pfälzer Wald
wiehe: wiegen

Kerstin Rech:
Das fünfte Geschlecht
Kriminalroman

ISBN 3-934927-35-1
160 Seiten; 9,90 Euro

Was tut man nicht alles, um zu erben ... Auch eine unkonventionelle Frau wie die Malerin Philippa lässt sich zum Sonntagsbesuch im Altenheim herab, obwohl Onkel Rudolf seit vielen Jahren an nichts mehr Interesse zeigt außer seiner Buchseite mit Hesiods Mythos von den Weltaltern. Dass der Erbonkel tot in seinem Sessel sitzt, ist nicht etwa eine Ausgeburt von Philippas schwer kontrollierbarer Vorstellungskraft, sondern Realität. Und es dauert nicht lange, bis von Mord die Rede ist.
Kerstin Rechs herrlich schräger Krimi um einen habgierigen Familienclan, eigenwillige Heimbewohner und eine Künstlerin mit wilden Phantasien erzählt auch eine ungewöhnliche Liebesgeschichte. Ausgerechnet als Philippas Dasein durch die Mordermittlungen völlig aus den Fugen gerät, trifft sie die Frau ihres Lebens.

Nominiert für den Friedrich-Glauser-Preis 2004 (Sparte Debüt).

Peter Gerdes (Hrsg):
Flossen hoch
Kriminelles zwischen Aal und Zander

ISBN 3-934927-16-5
240 Seiten; 12,70 Euro

H. & P. Gerdes (Hrsg):
Flossen höher
Kriminelles zwischen Fisch und Pfanne

ISBN 3-934927-34-3
240 Seiten; 12,70 Euro

Martin Arz:
Das geschenkte Mädchen

Kriminalroman
ISBN 3-934927-42-2
256 Seiten;11,90 Euro

Peter Gerdes (Hrsg):
Mordkompott
Kriminelles zwischen Klütje und Kluntje

ISBN 3-934927-01-7
240 Seiten; 12,70 Euro

Billie Rubin (Hrsg):
Bayerisches Mordkompott
Krimis und Rezepte

ISBN 3-934927-33-5
240 Seiten; 12,70 Euro

Maeve Carels:
Blondes Gift

Kriminalroman
ISBN 3-934927-27-0
224 Seiten
9,90 Euro